犬救三军

【美】艾伯特·帕森·特哈尼◎著

陈佩 冷晓红◎译

江西高校出版社
JIANGXI UNIVERSITIES AND COLLEGES PRESS

图书在版编目（CIP）数据

一犬救三军 /（美）特哈尼著；陈佩，冷晓红译 . 一南昌：江西高校出版社，2016.3（2020.6重印）

（国际大奖动物小说）

ISBN 978-7-5493-4135-1

Ⅰ . ①一… Ⅱ . ①特… ②陈… ③冷… Ⅲ . ①儿童文学 - 长篇小说 - 美国 - 现代 Ⅳ . ① I712.84

中国版本图书馆 CIP 数据核字（2016）第 056362 号

责任编辑 易建宏 黄玉婷
装帧设计 罗俊南

出 版 发 行	江西高校出版社	
社 址	江西省南昌市洪都北大道 96 号	
编 辑 电 话	（0791）88170528	
销 售 电 话	（0791）88170198	
网 址	www.juacp.com	
印 刷	湖南锦泰数字印刷有限公司	
经 销	各地新华书店	
开 本	787mm×1092mm 1/16	
印 张	11	
字 数	100 千字	
版 次	2016 年 3 月第 1 版	
	2020 年 6 月第 3 次印刷	
书 号	ISBN 978-7-5493-4135-1	
定 价	33.00 元	

赣版权登字 -07-2016-138

目 录
contents

第一章

一　布鲁斯的到来

有一只牧羊犬，它体态健美，同时还有一颗善良的心和一个美好的灵魂。这些原本最美好的东西却变成了它的缺陷，因为如果没有这样的善心和灵魂，恐怕它早就已经发现生活的艰辛，而且想要好好打上一架。这个世界上的确发生着一些奇怪和可恶的事，但因为它拥有一颗温柔的心，可以容纳一切，还有它那忠实的灵魂，这些都让它变得值得信任，也能够包容自己的朋友们。

它的名字叫洛萨·拉斯，它是一只牧羊犬，有着优雅身姿的牧羊犬。虽然它不像其他牧羊犬那样拥有强壮的身躯，但是它有灵敏的鼻子，一身黄褐色的毛皮外套。它的完美来源于伯克的贵族血统，因为伯克的每一只牧羊犬都非常优秀。当上帝送它来到这个世界的时候，如果它拥有一双像郁金香一样竖立的漂亮耳朵，和一颗小小

的聪明的脑袋，它可能会受到其他人的爱护，或者是作为未来的冠军而被娇生惯养，甚至可能在未来某一天赢得不朽的荣誉，成为"冠军洛萨·拉斯"，让大家一直记着它。可是，事实并不是这样的。

洛萨·拉斯的耳朵没有像郁金香一样竖立着，而是冲天立着，让人感觉它会很不听话，看起来就像是狗最早的祖先——狼一样。那双僵硬的耳朵让洛萨·拉斯无法通过美丽的相貌去参加时尚的板凳秀，大部分参加板凳秀表演的牧羊犬的耳朵都会垂下来。为了垂耳朵，它们几乎都忍受了各种各样的痛苦，例如通过重量和药膏使它们的耳朵下垂。然而，拉斯却从来没有屈服过，它一直顽强地竖着自己的那双耳朵。

它们优雅的大脑就和过去那些能够独立思考的牧羊犬一样，因为它们要思考怎样去保护羊群。而且作为羊群的守护者，它们比那些板凳秀上展示的拉布拉多猎犬要聪明得多，因为它们要动更多脑筋。

所以拉斯从来没有想过自己能在展览赛上赢得冠军，或是凭借自己特别的才能而吸引那些富人用高价购买它，它来到这个世界并不是去做那些事的。它似乎从小就注定只能当"二等"，或者可以说，它本来应该是完美无缺的，上天却和它开了个玩笑。

在一般人看来，像拉斯这样的只能作为"二等"的牧羊犬看上去其实已经很好了，它们简直可以比得上任何一个世界冠军。它们的后代很多也是完美的，就像那些拥有最好的基因的动物一样完美。

评委在选择哪些动物可以去参加表演时，总会有一些要求，像洛萨·拉斯这些"二等"的动物是达不到这样的要求的，于是它们没有办法脱颖而出，只能默默无闻地度过一生，或者是像宠物一样被卖给别人。如果拉斯是一只公狗，它的美貌，它的机灵，还有它的可爱足够让它吸引一个人将它买回家当作宠物。毕竟大部分的牧羊犬都是和拉斯一样属于"二等"，而且它们最后几乎都成了别人喜爱的宠物。但是拉斯仿佛在很早以前就犯下了让人无法原谅的罪过，因为它生来就是一只母狗。

因此，宠物买家都不愿意买下它。即使它的价格比那些没它好看的兄弟降了一半，也还是没有人愿意买它。一匹母马，或者是其

第二章

他任何的雌性动物，都可以带来像雄性动物一样多的回报和作用，但是除了狗。在人们眼里，一只母狗没法和一只公狗相比，人们认为母狗除了能够繁衍下一代以外，没有其他的任何作用，所以一直没有人愿意买下拉斯。

这种不公平的现象在几千年前的十字军那个年代就存在了。在那之前，世界已经进入了现代文明社会，大家都喜欢养母狗作为宠物，而不是公狗。伊斯兰教徒们（对他们来说，所有的狗都是不干净的），第一次告诉他们的敌人——欧洲人，说母狗是这个世界上最低等的动物。撒拉逊的人都看不起母狗，而且还讨厌母狗，虽然是母狗在繁衍哺育着一代又一代的小狗。

在欧洲十字军东征的时候，战士们会用三种方式来表示他们是伊斯兰教徒，其中之一便是对母狗的蔑视。但事实上，母狗有着很多其他的宠物所没有的优点，比如它们既可爱又聪明，对自己的主人很忠诚，它们遇到敌人时很勇敢，平时待人很友善，如果你不伤害它们，它们一定不会与你为敌。

母狗拥有公狗身上所有的优点，但是公狗身上的缺点母狗都没有。与其他所有种类的动物相比，母狗在某种程度上和女人最相似。（在这里这么说，也是为了对女性表达敬意。）但是，正因为人们的偏见，很多爱狗的人都不愿意养母狗，这真的很可惜。在英格兰，宠物母狗是很常见的，在我们美国这里却没有，这很可能就是我们的损失了。

　　让我们继续说说拉斯，当那些想买狗的人来到洛萨狗舍买小狗时，拉斯和它的六个兄弟姐妹就会很快地跑到狗舍的门口去欢迎客人。小狗们那时还只有几个月大，对它们来说，每件事都很新鲜很有趣，每个来的人都是自己的朋友。很多来买狗的人这时候都会在这一群欢闹的毛茸茸的小狗中一眼看到拉斯，然后被它吸引。

　　因为拉斯长得很可爱，它看着你时会一脸讨好，好像在恳求你将它带走。而且，它看着你时一点也不害怕（也不会让你觉得它很不听话），动作也很优雅，让人觉得它是一只很特别很高贵的小狗。

　　卖狗的那个男人这时就会指着拉斯，讨好地对顾客说："您太有眼光了，这只母狗长大后肯定是一只不错的狗！"一般情况下，还没等那个卖狗的男人把话说完，顾客就去看其他的狗了。因为他们听说这是一只"母狗"，所以即使拉斯很漂亮，顾客也不愿意买它。

拉斯的六个小伙伴中，四只小公狗很快就被卖了出去，因为牧羊犬一直都是很好卖的，剩下的两只小母狗中的一只后来死了，卖狗的那个男人准备把最后那只小母狗卖到表演的地方去，于是最后那只母狗被送到了另一个狗舍。

当拉斯五个月大的时候，它就开始独自住在那个狗舍了。它看见自己的伙伴们一个个地离开，心里感到非常难过。没有其他的小狗和它依偎在一起睡觉了，晚上它会觉得非常冷。那时候它真的很可怜，虽然有很多顾客来买狗，但是没有一个人愿意将拉斯买走。卖狗的那个男人也一点都不在意拉斯，他觉得反正都无所谓，拉斯对他来说什么也不是，只不过他每天还要给拉斯喂一点食物，要花钱养着它，这也只是为了把拉斯卖出去赚钱，他才会这么做。

所以当拉斯一直卖不出去时，那个男人就开始讨厌它了。每当喂狗的人去给拉斯喂食时，拉斯总是会盯着他看，讨好他，眼里充满了对外面的世界的渴望。拉斯会开心地朝他跑过去，好像是乞求他能对自己说说话或是摸摸它。它会用各种方法吸引别人的注意，但还是没有人理它，也没有人将它买走。

对拉斯来说，要是来的人能对它说句话是最好的了，但有的人会呵斥它，甚至推它一下，这最让它伤心了。在很多情况下，那些提着水槽或水桶到狗舍里来的饲养员根本就不会理它，即使拉斯又蹦又跳地欢迎他们。在他们眼里，拉斯就像是狗舍里面的一个摆设，每天都在那里，但是对拉斯来说，每天蹦蹦跳跳的时候是它一天中最有希望最开心的时候了。

后来的一天，一个顾客停在了拉斯的笼子前面，他好像不是来买狗的，因为他是一个看起来只有十一二岁的小男孩，身上穿的衣服都是破破烂烂的，他的手里拿着一条崭新的狗链子和项圈。那个卖狗的男人一边带着小男孩在狗舍里走，一边在小男孩身边不停地说着话。

然后，小男孩打断了这个让人厌烦的男人的话，说："你看，当我早上从舅舅那里拿到钱的时候，我就下定决心，我要用这些钱做的第一件事就是买一只狗，即使花光了所有的钱。但是我又想，我得买点什么来拴住小狗，这样在它喜欢上我并且愿意和我待在一起之前不会突然逃走。所以我先去商店买了链子和项圈。"

那个卖狗的男人听完小男孩的话后问道："你认识我们商店的老板吗？""商店的老板？"小男孩糊涂地重复了一遍，然后又继续问道，"你是说这个狗舍的老板吗？不是的，我不认识他。先生，但是我以前经过这里的时候，我经常看见他挂在门口的'出售小狗'的牌子。我进去看过几次小狗，我当时真的很喜欢它们，觉得它们是我见过的最可爱的小狗了。所以现在，当我一拿到钱的时候，我就赶紧跑来了这里，我告诉前面柜台的人说我想买一只小狗，然后那个人就把我带到了你这里。我希望……啊！"话还没说完，小男

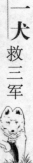
孩突然一下子变得很兴奋，在拉斯的笼子前面停了下来，然后接着说："你快看，这只小狗是不是很好？"

　　拉斯看见有人过来看它，正兴奋地跳着，好像在欢迎小男孩。拉斯用两只后腿支撑着自己的身体，然后抬起两只前腿架在笼子上，看起来好像挺吃力的样子，但是拉斯朝着小男孩开心地摇着尾巴，扭着自己的身体。拉斯还不知道，这个小男孩就要成为它的主人了。

　　小男孩看见拉斯这么热情友好地对自己，心里觉得很温暖，对拉斯也就更加喜欢了。因为小男孩在大部分时间里也是孤独一人，他是家里唯一的孩子，但是他生了病，不能在外面玩，也不能去上学。而他的爸爸妈妈又为了维持生活每天都很忙碌，没有时间去陪他，他真的非常希望能有一只小狗成为他的小伙伴，每天陪着他。

　　小男孩将他那双脏兮兮的小手伸进了笼子里，然后摸着拉斯毛茸茸的头。虽然是第一次见到小男孩，但是拉斯在小男孩的抚摸下还是非常开心地扭动着身体。就在那一瞬间，拉斯在小男孩眼里成了这个世界上最可爱的动物，然后他非常确定，拉斯就是他想要买的宠物狗。

　　他高兴地赞美起拉斯："这只小狗真棒！"然后，他天真地问道，"它是不是那只赢得冠军的洛萨小狗，上个星期它的照片还被贴在公告栏上？"卖狗的人哈哈大笑了起来，同时他在心里盘算起来，他知道这个小男孩真的很想买一只狗，而且他感觉到他很喜欢拉斯。

哦，他终于要摆脱那只讨厌的狗了，终于要把它卖出去了，这次他一定要抓住机会，然后好好地赚一笔。

他告诉小男孩说："不是的，这只狗不是得冠军的那只狗，我想你的舅舅没有想到你会找到这里来。这只小狗虽然没有得冠军，但是你知道吗，这只小狗叫作洛萨·拉斯，它是那只冠军狗的女儿，你看它确实是一只很可爱的小母狗，不是吗？"卖狗的人悄悄地在小男孩耳边接着说，"既然你这么喜欢这只小母狗，我可以劝劝我们的老板给你打个折。拉斯很不错的，我们老板准备出价100美元左右呢，但是如果我在旁边替你说说好话的话，他可能愿意出……对了，你说你舅舅给了你多少钱？"

小男孩回答道："12美元，每年他会给我1美元，因为我是跟着他姓的。今年我十二岁了，今天是我的生日。但是我之前已经花了一美元去买了狗链和项圈，你觉得你们的老板愿意多少钱卖了拉斯呢？"

那个男人想了一会儿，然后他走回了屋子里，留下小男孩一个人站在拉斯笼子的前面。用11美元买一只纯种的小牧羊犬，这几乎是不可能的。但问题是，一直没有人愿意买拉斯，随着它一天一天长大，它每天吃的东西越来越多，在它身上花的钱也越来越多，那个男人不得不考虑这些问题。其实现在的洛萨母狗已经很多了，不用担心繁衍的问题，可是就算是这样，那个卖狗的人也想从每只狗

第一章

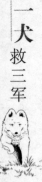

身上赚钱，即便是像拉斯这样没什么人要的母狗，即便是老板很想快点把这只"二等"狗卖出去。

于是那个男人去找他们老板商量了。现在只有小男孩一个人，他大胆地打开了拉斯笼子的门，然后走了进去。让小男孩吃惊的是，拉斯看见他走进来，没有从他身边逃开，也没有上去咬他，最起码一般小狗看见陌生人是不会这样的。拉斯只是高兴地在小男孩的脚边跑来跑去，有时会跳起来，就好像想舔一舔小男孩的脸一样。拉斯还把自己的鼻子抵在小男孩的身上，好像在求他再摸摸自己。

那个男人回来的时候，小男孩正坐在笼子里的地上，而拉斯呢？拉斯啊，它正舒服地蜷着身体躺在小男孩的腿上，在小男孩的命令下，练习着怎样握手呢！那个男人对小男孩说："我们老板同意把这只小狗卖给你，而且只要你 11 美元。"那个小男孩，也就是迪克·海森在听到那个男人这么说之后，非常高兴地付了钱买下拉斯，他觉得自己终于找到了喜欢的小狗，成了爱狗一族，这真的让他很开心。

回家的路上，迪克牵着拉斯一起往家走，一路上蹦蹦跳跳，他们两个都陶醉在和对方成为朋友的喜悦之中。虽然回家的路只有短短两千米，迪克和拉斯却整整走了一个小时。这并不是因为拉斯第一次戴上狗链和项圈不习惯，或者是想要回狗舍而反抗着不肯走，对拉斯来说，这些小小的不愉快与自己找到喜欢的主人后那种巨大的喜悦感比起来简直是不值一提。

拉斯现在和小男孩成了朋友，它完全沉浸在幸福之中，连肚子饿都忘记了，因为它真的很开心。当然，走了那么长时间不会没有原因的，一部分原因是拉斯，它总是不断地蹦蹦跳跳，转着圈，于是狗链就会不停地绕在迪克那细细的胳膊上，他们也就没办法走得很快；另一个原因是迪克总是会停下来，去摸摸拉斯，或者是继续教它怎么听自己的口令去握手，就这样耽误了很多时间；还有一个原因，路上会有其他迪克认识的小男孩，他们也想要小狗，都羡慕地看着迪克。迪克心里很开心，于是让他们一个个看自己刚买的小狗多么可爱，也就耽误了时间。

　　后来，迪克终于走到了家门前，那是一条冷僻的街道上的一间小平房。在平房前面的院子里有一小块土地，里面种着天竺葵，但是长得病恹恹的，没有什么生机。而房子后面则拉上两根线，上面晒满了衣服。当迪克带着他的新朋友拉斯在房子周围散步的时候，一个女人从那两排衣服中间走了出来，那是迪克的妈妈。她正在检查衣服有没有晒干。当她看见迪克和拉斯的时候，她突然停下了脚步，很平淡地说道："哦，你去买小狗了。亲爱的，我还以为你会用那钱买一套新衣服或是其他什么东西呢。不过，这只小公狗看上去也挺不错的。"她接着又说了一些夸奖这只小狗的话，因为拉斯的确很可爱，看上去也很友好。

　　所以，虽然迪克的妈妈不是很愿意看见迪克买了一只狗，但还是夸奖了拉斯，她不想让迪克不开心。她问迪克："这是什么狗？你确定它不咬人吗？"迪克这时骄傲地向他妈妈说道："它是一只牧羊犬，而且是一只纯种的牧羊犬，它当然不会咬人，它就像天使一样。它已经认识我了，而且，我们已经成为朋友了，你看——拉斯，握手！"

迪克的妈妈这时却突然大声叫了起来："它叫拉斯？它难道是一只母狗？迪克，你不会告诉我你跑去买了一只母狗回来吧？"迪克的妈妈这么说的时候，眼神里充满了对母狗的蔑视和震惊，就好像在她儿子口袋里发现了一条响尾蛇或是一只蟾蜍。后来她降低了音调，尽量保持自己的素养，好像是在说什么难以启齿的话一样。她赶紧从拉斯的身边走开，充满了嫌弃，就好像在躲开一辆又臭又脏的垃圾车。她重复道："居然是一只母狗，有那么多狗，你偏偏选择了一只母狗，花光你生日的所有的钱就买了这只肮脏的母狗！"

迪克听了妈妈说的话也火了起来，他一边把自己脏脏的手藏进拉斯蓬松的毛里，怕被他妈妈看见，一边反驳他妈妈："它一点也不肮脏，它是最好的狗，它是……"还没等迪克说完，他妈妈就打断了他："别和我顶嘴，你赶紧出去，往右转，然后把这只狗还给那个卖给你的大骗子，让他们把买狗的钱还给你！立刻！马上把这只狗从我们家带走！快点！"

迪克听到妈妈要赶拉斯走，眼泪立刻从他的眼里流了出来。拉斯看见迪克哭了起来，也感觉到很不开心，它发出低低的呜咽声，好像是在陪着迪克难过，还一边温柔地舔着迪克紧紧握着的双手。迪克可怜地哀求他的妈妈："妈妈，求求你，请你不要把拉斯赶走，求求你了，今天是我的生日啊，我什么都不要，只要拉斯。请你让我养它吧，它是我最想要的生日礼物，请让我养它吧，求求你了，妈妈！"但是迪克的妈妈非常生气地呵斥迪克："你没听到我刚才说的吗？你要我再说一遍吗？"

迪克家雇的那个洗衣工慢慢地走了过来。她叫艾琳，每个星期都会到迪克家来一天，帮迪克的妈妈料理家务，减轻一下负担。这时候，洗衣工发现后面好像发生了什么。这个洗衣工是一个好人，她长得很壮实，做事情的速度虽然不是很快，但是她不怕累，能吃苦。

她走过去的时候一眼就看见了拉斯，她停了下来，一下子就对这只小狗产生了兴趣。洗衣工还不知道刚刚发生了什么事情，她只是觉得这只小狗挺不错的，于是对迪克说："孩子，这就是你买的小狗吧？你的眼光不错哦，它的确是一只不错的小狗呢，你准备给这只小公狗起什么名字啊？"迪克的妈妈听了洗衣工的话后立刻反驳说："艾琳，你搞错了，它可不是一只小公狗！"这时候，她的音调已经降了下来，没有再像刚才那样发疯地叫着，她接着和洗衣工说："它可是一只母狗，我正让迪克把它送回去呢，送回那个骗子的狗舍。我早就知道有些可恶的人就会利用孩子的无知招摇撞骗，

第一章

那个卖狗的人居然用一只母狗骗迪克的钱，太可恶了！迪克，你赶紧把它送回去，我不想让这只母狗再在我们家多待一分钟！迪克，你没有听见我说的话吗？赶紧把它带走！"

迪克这时候急得都要哭了，可是他只能忍着，然后结结巴巴地求着妈妈："妈妈，妈妈，求求你了，求求你不要赶拉斯走……"洗衣工艾琳也插嘴说："迪克，你妈妈的决定是对的，还是把这只小母狗送走吧，你还不懂事，你肯定不会喜欢一只母狗的，所有人都不会喜欢一只母狗。"说这些的时候，洗衣工艾琳之前对拉斯的兴趣已经变成了一种鄙视和嘲讽，她也看不起拉斯，就好像自己有多么高贵一样。

听到艾琳也这么说，迪克一下子变得很愤怒，他生气地反驳道："为什么你们突然就不喜欢拉斯呢？"迪克紧紧地抱着拉斯，"为什么你们都不喜欢一只母狗呢？其他人也会养母猫啊，而且你们也都是女人，为什么就不能养一只母狗呢？"

迪克的妈妈听到迪克居然这样和她顶嘴，感到很震惊，她非常生气地对迪克下命令说："你说什么都没用，马上把这只狗带走！"

"我不会送它走的。"迪克一个字一个字非常坚定地说，他已经平静下来了。

他刚刚说完，迪克的妈妈就一巴掌打在迪克的脸上，迪克被打得向旁边踉跄了几步。看来他妈妈实在被他气得不轻，只能这样来发泄她的愤怒。但是，迪克还是没有屈服。迪克的妈妈的手又举在半空中，她在极力克制着自己的怒气，最后还是忍不住狠狠地朝迪克打了过去。迪克那瘦弱的身体被打得向后一个趔趄，然后倒在了他妈妈的脚边。

突然，拉斯张开嘴巴，露出白色的牙齿朝迪克的妈妈直直站立的腿咬了过去。拉斯之前从来没有过这种想要攻击别人的冲动，而它这时却朝迪克的妈妈咬了过去，因为它想要解救正在被打的迪克，它现在已经打心底里认定，迪克是自己的朋友和主人了，它不能让自己的主人受欺负。迪克的妈妈看见拉斯张牙舞爪地朝自己冲过来，她吓得大叫了起来。

迪克立刻抓住了想要帮他报仇的拉斯，把它拉到了自己的身边，他可不想让妈妈越来越讨厌拉斯，要赶紧阻止才好。迪克的妈妈和洗衣工艾琳的尖叫声吸引了一个人——原本正在房子的一边闲逛的一个人。听到尖叫声后，他立刻加快步子朝这里赶了过来，看看究竟发生了什么事。这个人就是迪克的爸爸，他是这一带制瓶工作的负责人。他刚刚正在街上慢悠悠地走着，准备回家吃晚饭，谁知道碰到了这样的场景。

看到迪克的爸爸走过来，洗衣工艾琳就像看见了救星一样大叫起来："先生，快把这只狗杀了，快杀了它，那是一只疯狗，你没看到，它刚才几乎想要杀了太太！"迪克正准备向他的爸爸求救呢，

听见艾琳这么说，他哭着说："爸爸，不是艾琳说的那样，拉斯只是想保护我，是妈妈打我，然后拉斯……"还没等迪克说完，迪克的妈妈也哭着向丈夫抱怨起来："如果你不叫来一个警察一枪杀了这只死狗，我就……""都别说了！"迪克的爸爸终于忍不住吼了出来。

他们三个人叽叽歪歪说了半天，他还没搞清楚状况。因为他们三个人都在向他抱怨，一个接一个不停地说，说得很快，还断断续续地说不清楚。迪克的爸爸都被搞糊涂了，不知道到底是什么情况。他接着说："你们都停下来，别说了，这到底是怎么回事？这只小狗是从哪里来的？到底发生了什么事？你们在吵什么？"于是迪克的妈妈和洗衣工艾琳便将整件事用她们的话说了出来，两个人都把矛头指向了拉斯，边说边指责它，总之添油加醋地将拉斯说成一只一无是处的狗。

终于，迪克的爸爸了解了到底是怎么一回事，他低头看了看拉斯。这时候，拉斯还不知道发生了什么事，只是努力地想靠近迪克的爸爸，想向迪克的爸爸表示友好，还带着一点害羞。迪克的爸爸又看了看自己的儿子，他看到迪克好像马上就要哭出来了，但是他在忍着，他不想再那么没骨气。迪克的妈妈和洗衣工艾琳又在不耐烦地重复事情的始末，然后迪克的爸爸做了一个停止的手势，让那两个一直说个不停的女人安静下来。

迪克的爸爸说："我知道怎么回事了，你们两个不要再对我抱怨了，在这件事情上我是同意迪克的做法的，而且我也认可他买了这只小母狗。我对狗很了解，我看得出来这只小狗不坏，它心里知道自己的主人是迪克，所以当你打迪克的时候，它就冲过来保护他，我想这就是为什么你们认为它是'疯狗'了，它并不是真的疯了，它只是想保护迪克而已。"

"但是……"迪克的妈妈还想辩驳，但是迪克的爸爸生气地说："我是一家之主，我说了算！"迪克的爸爸咧开嘴，好像在笑着说，"我才是这里的老大！如果你们觉得我不是，那也在老大来之前先听我的，现在我说什么就是什么，你们不要反驳我的话，也别对我的决定表示不高兴。"

迪克的爸爸接着对他妻子说："事情是这样的。你哥哥给了一笔钱给迪克当作生日礼物，而我们都答应过迪克，他可以随意花这笔钱，去买任何他想要的东西，然后迪克说他想要一只狗，迪克，对吗？我答应了他，我说：'去买吧。'我是不是说过？然后，他买来了这只狗。难道仅仅就因为这是只母狗，我们就不允许他养了吗？我们大人说的话还算话吗？你完全可以留下这只狗，听到了吗，迪克？"迪克听到这里，朝他爸爸感激地跳了起来，而且还非常崇拜地说道："耶，爸爸，你真是个好人，我这辈子都不会忘记今天这件事的，我不会忘记你站在了我这边！爸爸，看，拉斯还会握手呢，是我教它的，它都已经学会了！"

可是与此同时，迪克的妈妈也大声叫了起来，她非常不满意丈夫的决定，她说道："海森，你还真是个好人啊，我看你是脑子糊涂了吧？难道我教训自己的儿子也不行吗？""好了，萨德！"迪克的爸爸固执地打断了她的话，接着说，"顺便说一下，我有件事要告诉你，你到厨房来一下。"虽然迪克的妈妈还在抱怨地皱着眉头，生着气，但是听到丈夫说有什么事要告诉她，只能压下怨气，乖乖地听从了。她跟着海森先生走进了厨房，留下了迪克和他的宠物拉斯在院子里，他们开始在晒衣服的院子里高兴地打闹着，庆祝他们来之不易的胜利。

当厨房的门被关上之后，迪克的爸爸对迪克的妈妈说："我说，萨德，你会不会看眼色？我都已经给你示意了，你怎么看不见呢？你难道看不出来吗，我刚才只能那样决定，你以为我会喜欢家里有一只母狗吗？我可比你还讨厌它呢！我也不会接受它的，但是……"

"因为今天是迪克的生日，对吗？"迪克的妈妈终于明白过来，迪克的爸爸接着说："而且我当时答应了他，你不记得了吗？之前有一次他的病差点要发作了，你不记得科尔法克斯医生告诉我们不能让他着急或担心了吗？只有那样我们才能帮助他。所以如果你让他今天把那只狗送走，他肯定会非常伤心的，他会觉得我们不尊重他的想法，他会把我们当作他的敌人，然后就不会再和我们亲近，感觉不到家庭的温暖，那样他的健康肯定会受影响的，因为这对他来说是个很大的打击，所以……"

迪克的爸爸向迪克的妈妈解释着，但是迪克的妈妈还是坚持说："但是我和你说过，我们家绝对不会养一只肮脏的母狗！"迪克的爸爸安慰她说："我们不会养的，你放心吧，我会把这件事解决好的，今天晚上迪克睡觉之后，我会把那只小母狗送走的。等明天早晨迪克醒来的时候就会发现小狗不见了，他会发现门是开着的，他会想小狗肯定是夜里自己逃走了。然后他肯定会回去找那只狗，大概是会找一阵子的。但是，我想这样对他的打击会小一点，你懂不懂？这样他就会一点一点地平静下来的，如果我们现在强行将那只狗从他身边抢走，这样会让他接受不了的，而且他的反应还会很大。他毕竟只是个孩子，等时间慢慢过去，他就会慢慢忘记那只狗了，到时候我可以给他其他的礼物作为补偿，他肯定会高兴的。"

迪克的爸爸说完后，他们两个都沉默了好一会儿，两个人都在衡量着这件事。迪克的妈妈那胖胖的大脑袋一直思索着迪克的爸爸的话，很久之后她终于打破了沉默，她还是有点不情愿地对迪克的爸爸说："或许你想的是对的，这倒是个好主意，只是把狗送走后，迪克要伤心一阵子了。"迪克的爸爸接着说："但是他心里会一直存有希望的，希望哪天能找到那只狗，只要有希望，他的情况还是会好一点的，他的身体状况也不会那么糟糕了。"

第一章

在迪克的记忆里，这一天是他最开心的一天了，也是拉斯出生五个月以来第一次觉得开心的一天。那天，迪克和拉斯在附近的树林里开心地玩了好几个小时。迪克开始教拉斯各种动作。迪克计划教会拉斯一只表演的大象会做的所有的技巧，还有马戏团的小狗们会做的所有的动作。虽然他们认识还不是很久，但是他们两个已经成了亲密无间的朋友，迪克会把拉斯当成人一样和它说话。拉斯真的是又聪明又活泼，迪克完全被它迷住了。

拉斯也很开心迪克能成为自己的主人，并且和他成为朋友。他们两个玩得很尽兴，到最后玩得很累了还舍不得回去。一直到吃晚饭的时候，他们终于恋恋不舍地回家了，迪克的脸已经变得有点苍白了，他是累了，但是他的脸颊带着红晕，眼睛里放着光彩，看来玩得很开心。

那天晚上，迪克出乎意料地吃了很多饭，海森夫妇都默默地看了看对方，用眼睛相互示意，迪克的爸爸嘴边浮现了满意的笑容，他对自己的计划很满意。迪克和拉斯本来就玩得很累了，晚饭又吃得很饱，而且迪克还打算明天继续和拉斯到森林里玩，晚上要养好精神才行，于是早早地就准备回房睡觉了。虽然怕爸爸妈妈不同意，迪克还是鼓起勇气和他爸爸妈妈说，他想让拉斯睡在他的小床的床脚，海森夫妇偷偷地交换了一下眼神，答应了。迪克完全没想到，他的爸妈居然真的同意了自己的请求。半个小时之后，迪克和拉斯都睡得很沉了。

当迪克的爸爸半夜里偷偷来到迪克的小房间时，他就看见那个场景：迪克用胳膊搂着拉斯，而拉斯的身体蜷缩着，它那毛茸茸的头就放在迪克的下巴旁边。他看了熟睡的迪克和拉斯一会儿，内心挣扎了一下，想着自己到底做得对不对。最后，他还是将拉斯带出了迪克的房间。

其实在海森先生进来的时候，尽管地板只是发出了很轻的声音，但是拉斯还是醒了，然后它警觉地抬起头。它看见那个进来的人站在它心爱的主人旁边，它嘴巴动了动，发出了一声低低的咆哮，然后它就发现这个进来的人是一个男人，而且是小主人迪克的爸爸。晚上吃饭的时候，他还摸了它，给它喂了食物。于是拉斯就放心了，没有继续叫，拉斯用欢迎的眼神看了看海森先生，然后开心地摇了摇它那毛茸茸的小尾巴。熟睡的迪克好像感觉到了什么似的，动了一下嘴巴。海森先生紧张地摸摸了拉斯朝他抬起的头，然后用胳膊抱起了它，轻手轻脚地走出了迪克的房间，要是迪克被吵醒那可就不好了。拉斯什么也不知道，以为海森先生只是抱它出去玩，它还高兴地想要亲海森先生的脸。海森先生心里又不安了，觉得不应该这样残忍地对拉斯。

海森先生抱着拉斯下楼，在门口稍停了一会儿，戴上了他的帽子，然后在他妻子耳边说了什么悄悄话，接着一直走到了街道上。拉斯

第一章

还是没有任何怀疑地乖乖待在海森先生怀里。它那时十分信任海森先生，知道自己不会有危险。海森先生一直往前走着，抱着拉斯大概走了两千米。可怜拉斯还很高兴能和海森先生在夜里这样散步呢！虽然挺高兴，但是毕竟是深夜了，拉斯也真的累了，而且它觉得能这样被人抱着不用走路的感觉真的很舒服。

　　海森先生一直走到了这个小镇的尽头，才把拉斯放在了地上，自己却立刻朝着家的方向很快地走开。他走了大概几十米，可拉斯一直很高兴地跟在他脚边跳来跳去。这下海森先生着急了，他不知道怎么才能摆脱拉斯，心急之下就朝拉斯踢了一脚。拉斯就像被弹弓打中一样飞了出去，落在了河岸的旁边。拉斯完全没想到海森先生会踢自己，它心里感到又生气又难过。这一脚踢得可不轻，它浑身都疼了起来。在拉斯刚摔到地上，还没来得及站起来的时候，海森先生就绕过了一个墙角，然后消失在黑夜中。

　　之后，海森先生一路跑回了家，终于把拉斯给丢掉了，他可以松一口气了，海森夫妇心头的大石总算可以落下来了。海森太太在门口等着海森先生，她看见海森先生回来，着急地问道："你是不是把它丢在你说的那个阴沟里？""没有，"海森先生懊恼地回答着，"我没有把它丢进阴沟里淹死，它那么信任我，那么舒服地睡在我的胳膊里，我……但是我保证它不会再出现了，你就相信我吧，如果我真的把它淹死了，我……"还没有等他保证完，只见海森太太伸出手指了指，阻止了海森先生接着说下去。海森先生顺着她的手看过去，竟然看见拉斯就站在他的身边，摇着尾巴满怀期待地看着他。因为拉斯的嗅觉很灵敏，所以，循着气味走回这两千米陌生的路对拉斯来说并不是什么难事。很显然，拉斯已经原谅了海森先生踢过它一脚，并且想把它丢掉的行为。

拉斯现在一直心怀渴望地在海森先生的脚边转来转去，它只想海森先生能和它说点什么安慰它一下。海森先生眨着眼，不知道怎么办才好，喃喃地说："我会……"海森太太接着说："我猜你会再把它丢掉的，我想你应该找个工厂彻底地解决这只狗。"海森先生听了之后咕哝着说："你知道吗？会有一个人像这只狗一样，就算被我踢了一脚丢掉，还会冒着被我再踢一脚的危险找回来，不为别的，只是想找到我吗？我真希望……"可是海森先生最后还是没有说出来，因为他是典型的美国丈夫，虽然他不想那样残忍地对拉斯，他知道这样非常不公平，但是他害怕自己的老婆生气。

海森太太正咄咄逼人地看着他，于是他只能自顾自咕哝了一声，就抓着拉斯的脖子把它夹在自己的胳膊下面，然后又快速地消失在黑夜里。海森先生这次没有去阴沟，而是朝着铁轨走去。他想起了自己小时候是怎样摆脱一只肮脏的猫的，于是他决定用同样的方法来解决拉斯。这对拉斯，或者至少对海森先生的良心来说，已经不算残忍了，因为他不用把拉斯丢进污秽的阴沟里，然后在它脖子上

第一章

拴块石头，残忍地将它淹死。

一列长长的货运火车从面前的铁轨上经过，离车站还有一小段距离。海森先生沿着铁轨走着，想找一个空车厢把拉斯放进去，他不停地找着。然后他发现刚刚经过的第四个车厢没有锁，他打开刚刚加了润滑油的门，然后快速地把拉斯放进又冷又黑的车厢里，在拉斯逃出来之前立刻关上了车厢的门。感觉自己好像犯了什么罪一样，海森先生以最快的速度跌跌撞撞地冲进了黑暗里，此刻他只想赶紧离开这个地方。

火车货运车厢除了合法的运输之外，还有很多其他的用途。在很久很久以前，货运车厢就被当作储存非法废料等东西和运送那些漂泊的人的好工具。很长一段时间，报纸上都很流行将货运车厢载着流浪者和被社会遗弃的人的新闻作为自己的主题，而那些杂耍艺术团也喜欢以这类故事为题材来演出。但是，谁又知道，在移动的货运车厢里其实没有什么有趣的事发生。所有很精彩的故事都只是幽默艺术家和杂耍演员的想象而已。货运车厢最平常最真实的用途反而被大家忽略了，也只有铁路员工们才知道，在移动的货运车厢里能找到各种各样走失或迷路的动物们。这些被丢弃的动物，包括猫、狗、白兔子、金丝雀以及山羊等，还有多得数不过来的孩子也被丢弃在车厢里，他们被发现时可能哭着害怕地缩在车厢的角落里，也可能哭着移动在车厢的某个地方，一个小小的包着孩子的包袱就被偷偷地塞进了某个没有上锁的车厢里面。所以，一列货运火车是人们处理自己不想要的东西的好地方。有很多次，还有人在火车下卧轨而死，通过这种方法，人们最后几乎无法认出他们的样子。

所以海森先生把可怜的拉斯丢在货运车厢里并没有什么新鲜的，他已经不是第一个这么做的人了。他只是遵循着一种类似于习惯的东西，就像人们生活中的很多其他的习惯一样，这完全没有什么新意，但是对于拉斯来说，这是它第一次经历。车厢里又冷又黑，还有一股难闻的味道，拉斯非常讨厌待在那里面，它跑到了门那里，那里有只缝，它似乎看见了一丝逃跑的希望。

拉斯非常想回到那个它刚待过的家里，那里的每一个人对它都很好。刚刚海森先生把拉斯丢进车厢，关门的时候用的力气太大了，产生了很大的弹力，而且之前门的铁扣没有扣上，铁路员工一定是忘记扣了，所以这时门微微地开了一点小缝。那条小缝虽然不够拉斯逃出去，但至少它可以把它的鼻子伸出去。拉斯的鼻子就像一个三角形的楔子一样用力地往外面挤着，慢慢地，它一寸一寸地把那条小缝挤得越来越大。还不到三分钟，那条缝已经足够拉斯逃出去了。它扭动着自己的身体，终于逃了出来，它跳到了铁轨旁边。它茫然地站在那里，周围是一个完全陌生的地方。

灰蒙蒙的天空中飘着春雪，空气很潮湿，也很寒冷，寒风吹过来，拉斯的身体好像被针扎一样。由于这场雪，海森先生离开的脚印已

经完全被覆盖住了，拉斯看了看四周，没有找到海森先生。因为当时海森先生带拉斯从家里离开的时候，将它的头塞在他的胳膊下面，所以它也没有看到他们来时的路，这下它迷路了。拉斯看见一条从铁轨通往车站的小路，路上有很多雪花在飘，从车站投过来的朦胧的灯光让它在这寒冷的冬夜感觉到一丝温暖，于是它朝着灯光跑了过去。

车站的屋檐下堆着很多等着运送出去的快递，还有很多的板纸箱和包裹，它们已经被分类好，就等着装上火车。其中有一个板纸箱的样子就和刚才拉斯逃出来的那个车厢差不多，那个箱子里面又大又舒服，箱子底部铺着软软的麻袋布，周边还分别放着水和食物。虽然箱子看起来很宽敞，但是被关在里面的动物可并没有觉得高兴，那是一只脾气不太好的纯种牧羊犬，它已经被洛萨狗舍的主人卖到了64千米之外的一个顾客那里，现在正等着被运走。

这只牧羊犬已经厌倦了独自在这密封的箱子里一直等待着，然后被陌生人从一个地方运到另一个地方，它开始从箱子一边冲向另一边，它这是在试着把箱子弄开，然后逃出去。在这只牧羊犬的一次次冲击下，一块板子慢慢地松动了，然后它使劲想从那条小裂缝里钻出去。终于，那只牧羊犬逃了出来，冲进大雪里，朝着家的方向跑去。

在那只牧羊犬出逃的时候，拉斯闻到了它的味道，于是它循着味道走到那个板纸箱那里。它打量了一下，看见里面有舒适的床，还有它需要的食物和水。这些都是拉斯所需要的，所以它扭着身体很轻松地就通过那条裂缝，钻进了箱子里面，就像之前那只牧羊犬钻出来一样。拉斯钻进去后，先吃了一些饼干，吃饱后觉得有点累了，于是它蜷起身体准备睡一会儿。不一会儿，开过来的火车的叮当声和强烈的灯光将拉斯弄醒了，它害怕地缩在箱子的一个角落里。

这时候，有两个车站的搬运工开始将这些包裹从站台搬到火车上，其中有一个人注意到了拉斯所在的那个箱子上有块板子掉了下来，于是他将那块板子用钉子钉了上去，然后朝里面看了看，他看见了拉斯，确定里面的牧羊犬没有逃出来之后，就把那个箱子搬上了火车。两个小时之后，拉斯所在的那个箱子在一个小车站被从火车上卸了下来。第二天早上七点的时候，一个邮递员带着那个箱子走了两千米的路，来到了乡下的一个地方，而那个地方其实离迪克家所在的那个小镇，也就是拉斯被丢弃的那个地方只有一千米左右的路程。当邮递员把箱子放在走廊前面的草坪上后，有一群人走过来聚在箱子周围。他们是两位女主人、一位男主人，还有两个园艺师，他们都挤在箱子旁边想看看里面到底是什么。

终于，箱子的锁被打开了，然后他们又把箱子的盖子打开了。拉斯一下子就从箱子里跳了出来，它很累，还不知道自己在哪里，到底发生了什么，所以看见这么多人的时候，它还有点害怕，但是它还是非常想要和它面前的人交朋友，因为它始终相信这个世界上的人都是友好的。一只牧羊犬如果生来就相信人类是善良友好的话，以后它的这种信念是很难被动摇的，但是这种信念一旦被动摇，它就再也不会相信任何人了，它也不会再对人抱有任何希望了，牧羊犬就是这样坚定的动物。拉斯在那里站了一会儿，然后胆怯地看着那一张张盯着自己的脸。

那些人看见拉斯之后也很茫然，突然间，他们看着箱子时的满怀希望在看见拉斯之后一下子就消失了。那位园艺师是第一个说话的，他非常愤怒地说："难道这就是洛萨公主吗？这就是那只花了两百美元，让我们等了八个月的狗吗？信里不是说'它拥有冠军洛萨的所有优点，而且从头到脚没有一处缺点'吗？你们还记得吗？他可是所有卖牧羊犬的商人里最可靠的一个呢！勋爵大人，这只狗太小了，我估计它还没有五个月大呢，而且它的耳朵还是竖着的，头居然那么大！"

很显然，这些人看见拉斯之后都不高兴，拉斯被别人这么冷冷地评价后，心里感到非常难过，而且那位园艺师说话时所带的厌恶的口气让它觉得有点害怕。但是拉斯还是像往常一样，急切地想要给别人一个好印象，让别人喜欢它。于是，它怯生生地向一位女主人走过去，然后抬起自己白色的爪子放在她的膝盖上。会握手可是拉斯的绝活哦，这还是迪克教它的，拉斯还记得当它学会握手时，迪克别提有多高兴了，而且还以自己为荣了呢。现在，它想这个绝活应该也会让这些人高兴的。这个地方有那么多人，但是拉斯偏偏选择了那位女主人，而不是别人，或许她们注定会成为朋友吧！

那位女主人曾经听过牧羊犬专家和她讲述一只狗身上的可以用于表演的那些闪光点，以及怎样去发现狗的内心深处隐藏的它们的灵魂、思想和性格，当时她很不耐烦。但是现在，她正看着眼前这只向她走来的小狗，她看见了拉斯那双明亮的充满渴望的眼睛正望着她，她的内心好像有什么地方被触动了。就在那一刻，那位女主人决定让拉斯留下来。当那位男主人生气地说要怎样将拉斯绑起来放回板纸箱，然后把它再寄回洛萨狗舍的时候，那位女主人恳求地说道："让它留下来吧，求求你了，让它留下来吧，它看上去很可爱啊！"

但是男主人回答说："我们可没打算养一只'可爱'的狗，我们是要养一群高贵的牧羊犬，这只杂种狗可不符合我们的要求！"听了这话，女主人反驳说："你们都能看得出来，这就是一只纯种的牧羊犬，它的品种在整个美国算是最好的了，而且即使它碰巧是一只二等牧羊犬，那也不能说明它的后代们也是'二等'啊！你看它多美丽，多可爱，多聪明，我们就留下它吧！好吗？"最后，在那位女主人的再三请求下，男主人也同意了。

早上，一只很大的牧羊犬在小湖里游泳，它身上有着红白交错

第一章

的毛发。当它从湖里爬出来，走到草地上的时候，它看见了拉斯。它从来没有见过拉斯，于是立刻低下头准备攻击它。这只牧羊犬是这个地方所有的狗中最厉害的一只，它是一只受过严格训练的牧羊犬，叫作新利班拉德，现在是所有狗的头领。看来它不怎么欢迎这只新来的牧羊犬，拉斯对它来说，是一只入侵它的地盘的小狗。拉斯看见这只牧羊犬时，非常高兴地朝它蹦蹦跳跳地跑过去。

那只大个子的牧羊犬走了一半就停住了，因为它发现这是一只母狗，大自然界中的雄性一般是不会去攻击雌性的，这只牧羊犬也一样。原本即将爆发的一场激烈的打斗就在那只大个子牧羊犬发现拉斯是一只母狗的瞬间而避免了。它对拉斯放下了敌意，然后很冷漠地和走过来的开心的拉斯碰了碰鼻子，互相摇了摇尾巴，就算是第一次见面打招呼了，也算它们互相认识了。

之后，它们这一大一小、一老一少两只牧羊犬就肩并肩地往走廊跑了过去，那里坐着它们的主人。主人们看见了刚才它们两个很滑稽的第一次见面，都被逗乐了，于是拍了拍它们两个的头，真是两只可爱的狗。那位女主人非常得意地叫了起来："看，拉德接受它了，还和它打招呼了，它可从来没和其他的牧羊犬这样友好过啊！"就这样，这里成了拉斯的家。

拉斯其实一直都不知道自己的名字是什么，慢慢地，当它的主人们叫它"小公主"时，它就知道这是在叫自己了。之后的几个月里，它就这样过着平静而又快乐的生活。的确，在这个地方，不论是在这里的人，还是在这里的动物，都生活得非常开心。这个地方的两边各有一个蓝色的湖泊，湖泊后面是密密的森林，还有几座青山耸立着，它们环绕着这块土地，就好像在保护这里一样。

在寒冷的冬夜，家里的图书馆里会有温暖的火炉，火炉前面有一块很破的皮毯子，很显然，那是给家里的狗们休息用的。还有那位女主人和男主人，活泼可爱的女主人总是能让整个家充满欢乐。好久之后的一天，拉斯已经有十一个月大，有两件事情发生了。那位女主人和男主人吃过早饭后，去了拉斯的狗舍，拉斯看见他们来却没有像往常一样跑过去欢迎他们，它只是躺在那里一动不动。当他们走近时，拉斯只是抬起很虚弱的尾巴，左右摇摆着欢迎它的主人们，它还是没有站起来。主人们看见好像有一只小小的看不清楚形状的动物正缩成一团靠在拉斯身边，走近一看，好像是一只很胖的老鼠，仔细一看，原来那是拉斯的孩子。

那是一个刚生下来不过十个小时的牧羊犬宝宝，它是一只小公狗，身上是棕黄色的毛。那个一家之主感叹道："原来它生了小狗！"那位夫人也高兴地叫了起来："哈哈，看来我们想要养一群牧羊犬的计划就要开始了啊，看看！我当时把它留下来没错吧，已经有第一个牧羊犬宝宝了，很快就会有越来越多的牧羊犬宝宝的，我坚持留下它太对了，我希望它能生越来越多的狗宝宝！"

但是，那位夫人又觉得有点奇怪，她渐渐从刚才的喜悦中平静下来，接着说："真奇怪，它怎么就生了一只小狗，一般的狗都会生好几只小狗的啊。我想或许这唯一的小狗会给我们带来独一无二的好运，让我们叫它'布鲁斯'吧！你还记得吗？我们养的第一只叫'布鲁斯'的小狗赢过比赛，因为它有幸运数字，它是第七只出生的小狗。而这只小狗虽然是唯一的一只，但我相信它能够比得上七只小狗，你看看布鲁斯的妈妈有多开心啊，它以后肯定会以布鲁斯为荣的！它真是个伟大的母亲！"这就是那天早上发生的第一件事，第二件事就是洛萨狗舍的饲养员来到这里做客。他开着车来到了这个地方，然后急切地想要解开一个疑问。

饲养员和这里的主人说："我们老板昨天发现了一只牧羊犬，它被拴在一个黑人的房子前面的院子里，那个地方距离我们狗舍有一两千米，当时我们老板立刻就认出来，那是我们之前卖给你们的洛萨公主，这让我们感到非常震惊。那个房子的主人说他是在铁轨附近发现走失的洛萨公主的，那是六个月之前的一个晚上，这件事您要怎么解释？"

男主人说："解释？我想是你的老板搞错了吧，这过去的六个月里，洛萨公主一直在我们这里，而且那会是我在洛萨狗舍买的最后一只牧羊犬，因为那次你们送来的狗真的太出乎我的意料了，居然是那样一只狗！和你们说的完全不一样！"男主人又接着说，"当时要不是我夫人坚持想要养它，我肯定会找你们算账的，我花了两百美元，居然买了一只耳朵竖着的狗，你们也太过分了。"

那个饲养员听到这里，吃惊地叫了起来："你说什么？耳朵竖着的？我们的洛萨公主可是继冠军洛萨之后耳朵最好看的牧羊犬了，它没有一点缺点，它……"男主人实在听不下去了，他生气地反驳说："什么？没有一点缺点？你跟我到狗舍去看看，它身上的缺点可比一只流浪狗身上的虱子还多呢！"

然后，那个男主人将饲养员带到了拉斯的狗舍。当拉斯看见这个陌生人时，立刻发出了咆哮声，然后露出它的牙齿，它这是在向那个饲养员示威。因为拉斯现在已经成为妈妈了，除非它认识的人，否则它不会允许任何陌生人靠近它刚出世的孩子。那个饲养员盯着眼前充满敌意的拉斯，过了一会儿，他疑惑地吹了一下口哨，然后好像一下子明白了什么，大笑了起来，他说："这根本就不是洛萨公主，而且我还认识这只狗，这只有趣的狗我记得很清楚，它是洛萨·拉斯，真没想到它居然来到了这里！"

他自己好像也糊涂了，疑惑地说道："我们运输的时候也没有弄错啊，就在那一天，我们已经把这只狗卖给了我们镇上的一个小男孩。对了，我想起来了，怪不得在那之后的一个月，那个小男孩就天天到我们那里去，问拉斯有没有回来，他说那天晚上拉斯逃走了。后来很长一段时间，小男孩还是每个星期都去我们那里一次，问我

第二章

们他的狗有没有回来，那是一个瘦瘦的看起来好像生了病很虚弱的小男孩。我那时也弄不清楚到底怎么回事呢！我们开门做生意也不是一天两天的，我们有自己的信誉，我可以向你保证，我们将会好好地弄清楚这件事情，要不把钱退给你，要不就把洛萨公主给你送回来，再把拉斯带走。"两天之后，这个地方的所有人都在讨论到底是怎么回事时，从拉斯之前所在的那个小镇寄过来了一封给那个男主人的信，上面的寄信人写的是"爱德华·海森"，而且那封信是用一种很廉价的纸写的，信里这样说：

尊敬的先生，

六个月前，我的儿子从洛萨狗舍买了一只牧羊犬，那是一只小母狗，所以我和孩子的妈妈都不愿意养那只狗。于是那天夜里，我偷偷地将那只狗丢到了货运列车上。我们告诉儿子那只狗逃走了，我的儿子很伤心，然后就病了。之后过了很长一段时间，他也没有恢复过来，还是念念不忘那只狗。他每天看起来都很忧郁，身体越来越差，越来越瘦。如果我知道结果会是这样的话，我宁愿剁掉我的双手也不会将那只狗偷偷地送走。

做出那样的事，我的妻子也觉得很懊悔。我和妻子每次看见儿子那可怜的样子，都无比心痛，我们宁愿出两百美元将那只狗买回来，送回我儿子身边。但是一切都太晚了，我们根本就不知道那只狗在哪里，人们总是在做了坏事后才想要反悔，才会发现太晚了。

今天我儿子又去了洛萨狗舍，问老板那只狗有没有跑回来，他一直都在祈祷它能回来，然后狗舍的人告诉我的儿子，那只狗在您这里。先生，我想和您说，现在我只是个穷人，但是如果您同意以一百美元把拉斯卖给我的话，我会立刻寄给您一张支票。对于我们来说，我们的儿子迪克如果能快乐起来，那将是任何钱财都没法比的，我信中另外附上了邮票，不管结果如何，也请将您的答案告诉我！

六个星期之后，一辆小汽车带着迪克·海森来接他丢弃了很久的宠物。迪克比拉斯丢失的那一天更瘦弱，脸色更苍白了。但是当他来到这里接拉斯的时候，他的眼睛里出现了一种之前从来没有过的神采，他的心里充满了想要见到拉斯的渴望，他太激动了，而拉斯正站在走廊上等着他。

车一停，迪克就从车里冲了出来，朝拉斯跑了过去。拉斯看见迪克，也朝他跑了过去。终于，迪克紧紧地抱住了拉斯。拉斯在迪克身边欢乐地跑着，发出了热情的欢迎的叫声，它终于见到对它来说消失了很久的小主人了。一只纯种的牧羊犬的记忆力是很好的，当拉斯看见迪克的第一眼，它就记起以前的事了。迪克用胳膊抱起

第一章

拉斯,这可是很不容易的哦,因为拉斯已经长大了,也长胖了很多,而迪克却比以前更加瘦弱了。

迪克将拉斯紧紧地抱在自己的胸前,为了不让自己的眼泪流下来,他的眼睛眨得很快,因为他现在已经是一个能够独立的十二岁男孩子了。他高兴地对拉斯说:"我就知道我一定能找到你的,拉斯,我一直都相信我自己。即使当我自己都快要放弃的时候,我还是那么相信!哎,伙伴,你长大了啊,而且长得更漂亮了,是吗,小姐?"

他向这里的女主人问道,他本能地觉得这里的人会同意他的看法。那位女主人点点头说:"的确变漂亮了!而且你看,看见你它是多么开心,它……"还没等她说完,迪克就开心地说:"我爸爸和我说,以后我可以和拉斯在一起,我又可以养它了!他说他会给地窖的门换一把新的锁,这样拉斯就不会再跑出去了,就像它上次逃走一样。但是,我想它上次半夜是跑出去散步,然后找不到回来的路,肯定让它吃了苦头,也吸取教训了,它以后应该不会再那样做了。以后我们两个要在一起过快乐的生活,对吗,拉斯?"

这时候,碰巧男主人正带着布鲁斯经过这里,迪克顿了一顿,然后非常好奇地问道:"那只小公狗是拉斯的孩子吗?"布鲁斯正停在走廊的地板上等着拉斯去看它,迪克又接着说:"那只小狗很可爱,对吧?就像有些孩子的可爱的小泰迪熊玩具,但是……"迪克好像有点担心,他又说,"我不确定妈妈会不会同意我养两只狗,或许……"

那位女主人建议说："或许你可以让我们来养布鲁斯，也算是一种对拉斯的怀念吧，我们一定会让布鲁斯过得很开心的！"

"好吧！"迪克立刻就同意了，因为迪克能够想象，如果他带了两只狗回去，他的妈妈会是怎样的反应，她肯定会非常生气的，所以还不如把布鲁斯留在这里呢。"好的，如果您不介意的话，我非常愿意把布鲁斯留在这里，而且我相信布鲁斯会喜欢和你们在一起的，夫人，我应该不会猜错的，而且我希望您不要太想拉斯，好吗？"迪克对那位女主人说。

就这样，已经长得胖胖的布鲁斯站在走廊的台阶上，看着自己的妈妈离开，但是它好像没有什么特别的反应。那位女主人觉得迪克爸爸不需要付一百美元来把拉斯带走，只不过她之前强烈要求，拉斯一定要等到布鲁斯长大一点、不再需要妈妈的时候才能够离开这个地方。当汽车带着迪克和拉斯慢慢地离开他们的视线时，那位女主人对布鲁斯说："布鲁斯，你是我们这个地方想要培育冠军牧羊犬的唯一成果了，你身上可承担着很多的责任，希望你不会让我们失望！"

布鲁斯根本就不在乎那位女主人说的所谓的"很多的责任"，在女主人说完之后，它便向女主人那只喜怒无常的叫作"蒂雷伯里"的波斯猫凶狠地冲了过去。那只猫正在走廊上悠闲地散着步呢，看

见布鲁斯向自己冲来，立刻就向布鲁斯反击。它在布鲁斯小小的鼻子上留下两道抓痕，布鲁斯痛得忍不住叫了起来。然后蒂雷伯里又继续在走廊上散步了，布鲁斯则在那里哀叫着，迅速地躲到了女主人的裙子底下。女主人看见布鲁斯受伤吓成这个样子，便把它抱了起来，抚摩着它的身体，安慰地说道："可怜的小狗，知道了吗？责任可不是用来开玩笑的，对吧，孩子？"

二　"讨厌鬼"布鲁斯

当英国著名的作家萨克雷还是个年轻的小伙子时，他因为懒惰以及赌博等恶习被学校开除了；而伟大的被称为德国"铁血宰相"的俾斯麦甚至没有获得大学的学位，因为他没有学习的天赋，而且他不是那种会老老实实读书的人，而是个爱玩的孩子；美国伟大的第一任总统乔治·华盛顿在学生时代，甚至连说话最基本的发音技巧都不会；美国的另一位内战时的伟大的总统林肯小时候家里非常穷，当他应该去工作的时候，他却带着钓鱼竿偷偷跑到没有人看见的树荫底下钓鱼，或者是看一些不知道从哪里捡来的破破烂烂的书。而现在，我们都知道这些人都成了伟大的人，不论是从身体上，还是精神上。作为伟人，他们好像天生就不像我们想象的那么聪明和厉害。

　　有只小猫已经六个月大了，现在看起来已经非常可爱美丽，就像亭亭玉立的少女一样。另一只小狮子和小猫一样大，但是又笨又迟钝，而且身上的毛都一团糟，到现在还连路都走不稳。但是如果过了六年之后，那只小猫是无法和那只小狮子相比的，无论是它们的头脑、姿态、外貌或是其他方面。

　　刚才说了这么多，并不是想来写一篇证明那些伟人都会成长得比较迟缓的文章，这些只不过是那位夫人的一些言论中的一部分，因为小布鲁斯真的太笨太迟钝了。有人就想把布鲁斯送走或是卖掉，可是即便是这样，那位夫人还是坚决不同意，她用上面的那些证据来说明布鲁斯并不是他们所想的那样，不久以后，它一定会成为一只伟大的牧羊犬的。刚开始的时候，那位夫人一直都很维护布鲁斯，那里也就只有夫人一个人相信，连走路都走不稳的布鲁斯将来会有很大的前途。这一切都是因为布鲁斯是在这个地方出生的，而且它是洛萨·拉斯唯一的孩子。在拉斯刚来的时候，夫人就顶着众人的反对留下了拉斯，一直钟爱着拉斯，因此，对它的儿子，夫人也相信自己的眼光。但是，随着时间慢慢过去，大家都觉得夫人的决定，或者说她的眼光好像不是很正确。不过正是因为夫人一直维护着大家都觉得没希望的布鲁斯，它才避免了被送走的命运，它真的不得不感谢夫人的坚持。

布鲁斯小时候就是一只毛茸茸的爱冒险的小狗，它的毛夹杂着灰色、金色和白色三种颜色，但是那时大家都不喜欢它。

随着时间匆匆流逝，布鲁斯好像突然间就长成了一只身体瘦长的体型很大的狗，它的体型已经比和它年纪差不多的牧羊犬要大了。不过奇怪的是，虽然布鲁斯已经长得很大了，但是它的腿、脚还有头出奇地大，和它身体的其他部分的比例很不协调。但是布鲁斯没有觉得头大有什么不好的，因为它平时也没有感觉到头大会给它带来什么不方便，它可以很随意地行走，但是它那特别长的腿和脚好像是妨碍了别人。

布鲁斯真的很笨，它身体的协调能力也很差，它总是会陷入一些不必要的麻烦中，所以大家都开始讨厌它。无论是人，还是动物，即使是一个生来的傻子也不会像它那样闯那么多祸，那么让人厌烦。那位夫人给它起名叫布鲁斯，是因为夫人有一位很崇拜的英雄——一位苏格兰部落的首领，他也叫布鲁斯。于是，夫人每天不停地叫着它"布鲁斯，布鲁斯"，就是想让它哪天能变得像那位首领一样。但是这个地方其他的所有人给布鲁斯起了另外一个难听的外号，他们都叫布鲁斯"讨厌鬼"，在那里，几乎时时刻刻都会有人那么叫它，所以布鲁斯也听习惯了。

和布鲁斯那种让人无法理解的无休止地惹麻烦的天性相比，美国的著名喜剧演员查理·卓别林在电视上表演的各种惹麻烦的笑料

第二章

真的算是好的了，而且和布鲁斯相比，他都可以算得上是英雄了。

这个地方有一个小小的人工池塘，里面种着水百合。池塘里面的水大概有一米那么深，一般情况下，布鲁斯一个星期至少要掉进那个池塘八次。有那么几次，要不是有人碰巧经过池塘将它捞了出来的话，它可能就淹死在池塘里了。但是，都这样了，布鲁斯还是一点也不会吸取教训，接下来的日子里还是一次又一次地掉进池塘。

最后，男主人终于看不下去了，他做了一个倾斜的木制平台放在池塘里，那个平台刚好从池塘口伸到水里，这样布鲁斯掉下去之后就可以很轻易地自己爬上来，而且也可以顺着平台滚下去。当男主人安装这个平台的时候，布鲁斯一直好奇地看着，等到平台装好的那一刻，布鲁斯立刻迫不及待地顺着平台往池塘里跑，看来它是想试试效果怎么样。可是，在平台低低的那一端，布鲁斯脚一滑就滚进了池塘里。然后它就在水里挣扎起来，完全不知道从它刚才滚下来的地方再重新爬回去，最后还是男主人看不下去，把它救了上来。布鲁斯真的太笨了，这样也不行，最后男主人没办法了，只能在池塘上面拉了一层铁丝网。他想这样总行了吧，至少以后布鲁斯不会再掉进去了。的确，从那以后，布鲁斯再也没有掉进池塘了，但是它一次又一次地把脚陷进铁丝网的洞里面，然后被卡住，出不来。傻傻的布鲁斯还以为铁丝网上可以站呢，它什么办法都没有，就只能在那里悲惨地叫着，直到有人听见它的叫声过来救它。池塘上还能盖上一层铁丝网，但是家里草地尽头的那片宽阔的湖可没有那么大的网能盖上，而布鲁斯偏偏经常跑进那片湖里玩，它会一直往湖的深处走，直到湖水淹到它的肩膀那里。当布鲁斯感觉到那种冒险的刺激，它会尖叫起来，然后开始在湖里游泳，即使游到了离河岸很远的地方，它也不知道危险，还继续往前游。布鲁斯虽然年轻，但是在游了半个小时左右之后，它的体力也渐渐不支了。接着，人们就会听见一声令人害怕的嚎叫声，这时大家都知道布鲁斯就要被淹死了。于是，那些刚好经过的划着小船的船夫就会把布鲁斯救上来，然后带着它去找男主人要钱，或者是这里的某个人快速地跳上一只小船或是独木舟，把布鲁斯救上来。这样的事情每天都在发生。

当地的防虐待动物协会看见这家的男主人总是让自己的狗受到生命的威胁，比如布鲁斯好几次都差点被溺死，他们觉得男主人有虐待动物的嫌疑，于是准备对他采取行动。其实那个男主人有时候会邪恶地想，要是布鲁斯就那样被淹死了还好。而且布鲁斯特别能吃，它的胃口好像永远都不能满足，它会一直吃，直到自己找不到东西可以吃为止。而且甚至在布鲁斯看来，只要是可以咬的东西就是可以吃的食物，所以不论是洗澡毛巾，还是润滑油，它都照吃不误，当然结果就是它一次次地生病。

相比人类的世界，动物总是能从大自然里学会更多的东西，只要吃过一次亏，大自然就可以教会动物们什么东西可以吃，什么东

043

西不可以吃，而且它们就会永远记住。可是布鲁斯是个例外，虽然它前一天才吃过一块洗衣服的肥皂，然后病得很重，可是到了第二天，即便它刚刚吃过亏，但是它看见肥皂还是会一下子扑上去，然后像吃多么美味的食物一样大口大口地吃掉，完全忘记了昨天才因为它生了一场病。

有一次，布鲁斯津津有味地吃掉了两斤淀粉，甚至把装淀粉的盒子都吃掉了，它当然就病了。可是当它好不容易好了之后，又去吃盒子了。人们把盒子从它嘴里拿走的时候，它还非常不高兴呢！当看见主人们开着车从马路上过来的时候，布鲁斯会大声地欢叫着来欢迎它的主人们。不过，如果是一些流浪者或是小商小贩想闯进这里，布鲁斯还是会开心地朝他们跑过去，然后讨好地欢迎他们，这真是让人哭笑不得。

而且布鲁斯怎么也学不会听自己的名字，它就连一些最简单的命令也听不懂，学不会。比如听主人的命令来握手或是躺下（这两个可是所有狗一开始就能学会的基本动作），可是它们对于布鲁斯来说就像解二次方程那么难。当布鲁斯三个月大的时候，它会开心地追着小鸡跑，后来它还把那里最大的一只奥尔平顿公鸡给咬死了。不过在那之后，它就再也没有咬过其他动物了。因为，那个男主人把这些事都看在了眼里，他采取了措施。

如果一只狗咬死了家里养的家禽，你打它是没用的，只有一种办法可以改变狗的这种习惯，而男主人就使用了这种方法。他把那只被布鲁斯咬死的公鸡拴在布鲁斯的脖子上，于是布鲁斯不管走到哪里都要带着它，渐渐地，它感觉那只公鸡变得越来越重，很累赘。三天三夜之后，死去的公鸡发出了一股恶臭味，就这样，布鲁斯开始讨厌挂在它脖子上的这只死鸡，还有那股难闻的味道。虽然布鲁斯很笨，但是那次它还是充分地吸取了教训，就像所有咬死鸡的小狗一样，那好像是第一次也是唯一一次它那不开窍的脑袋学会了一件事情。

　　布鲁斯看起来好像真的完全就是一个失败的典型了，因为那时它那又黄又白的身体几乎都没有成形，它的毛又厚又重，而且有点卷，有的还打了结，并不像一般的牧羊犬那样，有着一身光滑整洁的皮毛。虽然给它喂了很多食物，可它的身体还是很瘦弱，没有什么体型可言。那时候，男主人看见布鲁斯有这么多缺点，就非常讨厌它，而善良的女主人就举了很多历史上的伟人成长的例子来说明，即使小时候发展得很缓慢，也不代表将来他们长大后就一定不会成器，比如萨克雷、林肯、华盛顿、俾斯麦，还有很多其他的伟人，所以不应该对布鲁斯失去希望。

　　女主人不止一次向男主人请求说："再给我一点时间吧，布鲁斯现在才六个月大呢，而且你也看到它长得很快的，它现在肩膀快有 60 厘米高了，可比完全长大的牧羊犬还要高呢！据说冠军豪格是

一只很大的狗，但是它的肩膀也就 60 厘米那么高，就比布鲁斯高那么一点点，雷顿先生也说过，有一只很大的狗是很有用的。"

在女主人积极努力的劝说之下，男主人也不得不同意了她的说法："真的会有用吗？可是在我们这里，布鲁斯怎么就好像只会带来灾难呢？不过，我不是一个研究牧羊犬的专家，或许我对布鲁斯的判断是错误的吧，我想我要去咨询一下专家的意见。下个星期，有人要在汉普顿开展一次春季狗狗秀，虽然那只是个名不见经传的小活动，但是参加活动的西蒙兹先生对牧羊犬非常了解。我打算到时把布鲁斯带过去参加一个狗狗培训班，如果布鲁斯真的有什么优点或天赋，西蒙兹肯定会知道的。如果布鲁斯真的像我想的那样没用的话，我一定会把它送走的。要是西蒙兹对它还抱有一点点希望的话，我可能还会继续养它一段时间看看。"接着，女主人还是有些不甘心地问："那么，如果西蒙兹说布鲁斯没希望了，那……""那么我就会重新买只穿山甲或是鸭嘴兽来代替布鲁斯做我们的新宠物！它们中的任何一个都会比布鲁斯好！"男主人气愤地回答说。

然后，女主人好像是在自言自语一样："不知道西蒙兹先生抽不抽烟。""抽烟？你干吗问这个？"男主人不解地问。女主人犹豫地回答说："我也只是猜想，如果我们送给他一盒好的雪茄，他会不会，或许可能……"

那个男主人听到这里笑了起来："你都在想什么呢？你们女人

就是这样，如果让女人来统治这个世界，我们就不需要看滑稽的卡通了，因为每天身边发生的事就让我们觉得够可笑了。你也是一样，亲爱的，现在我们还不需要给西蒙兹买雪茄，因为狗狗秀是我所知道的所有比赛中唯一一项裁判一直在现场的最公平的比赛了。或许有的时候，有人会怀疑他的判决，但是他的诚实是不容置疑的，单单凭这一点你也要相信。另外，我是真的想知道布鲁斯的真实情况，它到底还有没有希望。既然我现在还不清楚，我就要搞清楚。如果西蒙兹觉得布鲁斯没希望了，我就在那里把它卖掉，如果没有人愿意买他的话，我就会……"

"他现在还没有说布鲁斯没有希望呢！"女主人充满信心地说。

春天，在汉普顿举行的那场小小的狗狗秀上，展示了八十只很瘦弱的狗，其中只有九只是牧羊犬，然而这样的结果并没有让人们觉得惊讶。那些被展示的狗大部分是宠物狗，就像其他所有的宠物狗一样，它们都是"二等"的，也就是说，他们曾经是纯种狗中并不那么让人满意的狗。

汉普顿小镇的礼堂里面挤满了人，那些被展示的狗被绑在一排排像是摊子一样的长凳上，而很多参观者都兴致勃勃地走在一排排狗中间，打量着它们，还有很多人密密麻麻地坐在大厅中间那个裁判席的四周。因为大部分人都非常喜欢看狗狗秀，人类对狗的喜爱是一种很原始的，也是根深蒂固的情感。不仅是那些被展示的狗的

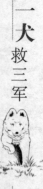

主人，还有他们所有的朋友都会来看狗狗秀，就算是那些和这个活动无关的人也会被吸引过来。

诚然，赛马会吸引比狗狗秀要多得多的观众，但是人们主要是被输钱或是赢钱的那种刺激所吸引，人们一旦在什么地方花了钱，有了胜负欲，那么就会被那个地方吸引。但是现在很多国家颁布了反对赌博的法律，加强了对赌博的管理和处罚，所以现在赛马比赛已经很少了，而这种"运动之王"的比赛只有那些大胆的在参与。而且如果去掉赌博的成分，人们也就不会再去看赛马了。

所有的狗狗秀和赌博一点关系都没有，人们只是去看狗狗们，还有对它们的判决。事实上，狗狗秀连一项社会活动都算不上。然而，所有的狗狗秀总是会吸引无数的人来观看。（美国总统华盛顿当选那天的中午，走过麦迪逊广场花园的时候，就会看到那里的西敏寺狗舍俱乐部的表演，人们要花半个小时的时间才能穿过人山人海的观众，那时候你就感觉，那里好像在举办一场足球锦标赛一样，这足见人们对狗的兴趣有多么大。）

正是由于不带有任何赌博成分的性质，狗狗秀才能和世界上其他运动比赛区别开来。大家都知道狗狗秀上展示的很多狗都非常笨，因为人们只是为了让它们以后会表演而专门地去训练它们，它们的主人或训练它们的人从来都没有想过，要去唤醒它们的本质，那种类似于人的大脑和内心，这些都因为它们只是被训练了，去参加表演的目的却被人忽略了，而那些为了表演而训练的技巧确实和人们衣服的款式一样换个不停，所以狗狗们必须不断地接受训练。当它们学不会时，它们在主人眼里就成了笨蛋或没用的狗。

例如几年前，一位金融界的成功人士从各地搜集了一群世界上品种最好的牧羊犬，请了一位很能干的经理和一群专门养狗的人来训练那群牧羊犬，然后将它们展示出来，他因为自己拥有这群牧羊犬而感到十分骄傲。有一次，有人在花园秀看见了他，他正在将他引以为傲的牧羊犬们展示给他的朋友们看。在叫那些牧羊犬的名字时，他犯了三个错误。

还有一次，当他靠近最漂亮的那只牧羊犬的时候，那只牧羊犬居然把他当成了陌生人。因为讨厌陌生人靠近自己，那只牧羊犬向它的主人咬了过去。那位成功人士连自己的宠物都不了解。他所养的牧羊犬也不知道到底谁才是自己的主人，他长什么样，或是身上有什么味道，它们都不知道。如今在这个和花园秀相比小得多的狗狗秀的现场，气氛是完全不一样的。那些被人专门饲养和训练的狗是不会被送来这里参加这种比赛的，这里的狗大多是宠物狗，它们的主人一般都和它们有着很深的感情。

而且，它们就像是主人家里的一分子一样被养大。所以，虽然这样的小型比赛不能诞生一只世界无敌的狗，但是会出现很多像人一样很聪明的狗，而它们的主人不论自己的宠物是不是夺得了冠军，

第一章

这种时刻对他们来说都是重要的时刻。所以，在这里，观众们总是能够发现那些规模很大的狗狗展览上没有的东西。

只有很小一部分的狗狗会真正喜欢被展览，或许只是我们觉得它们会喜欢，对大部分狗来说，狗狗秀是一件很可怕的事情。让我们继续来说布鲁斯和它参加汉普顿狗狗秀的事。

牧羊犬是狗狗秀中第一种被鉴别的狗，而小的牧羊犬们是第一批走上评判席的狗。这次只有三只小的牧羊犬，它们都是公狗，其中一只小狗已经十一个月大了，长得又高又瘦，身上长着三种颜色交替的毛，它的头很漂亮，但身上的毛很杂乱。第二只小狗只有六个月大，长得很漂亮，毛很厚实，头也很漂亮。加上布鲁斯，这三只小牧羊犬排成一列站在评判席前面，而西蒙兹就站在那个长方形的评判席后面。

当布鲁斯的男主人带着它无所谓地走进狗狗秀围场的时候，他的夫人在他耳边低低地说："无论如何，布鲁斯至少能得到三等奖的那条黄色的丝带吧？即使那样，我们也应该以它为荣，虽然它们那一组只有三只狗。"可是，布鲁斯连三等奖都没有得到，这便彻底地让它的主人们失望了。当三只小牧羊犬进入场地的时候，裁判那半闭的眼睛就盯着布鲁斯，一开始是无所谓地看着，然后他好像变得很吃惊，还没等男主人站在裁判对面就开始示意展示布鲁斯。裁判带着一种厌恶的口气说："请你把这个不知道从哪里捡来的怪物带出场地，我们这一组是展示牧羊犬的，可不是展示怪物的！我不想评价那只小狗，它根本就算不上一只牧羊犬。"

男主人听见他这么说，非常不满地反驳说："它可是一只纯种的牧羊犬，我可以向你保证这一点，没有比它的品种更好的了……"那位裁判突然打断他说："我才不在乎它的祖先是谁，对我来说，它就像是恐龙或是大海雀的后代，我才不会把它当作一只牧羊犬去评判！快把它带出我们的场地，别耽误后面的人。"连西蒙兹都这么说了，还有什么办法呢？男主人的脸都被气红了。当着这么多人的面被西蒙兹这么说，他觉得非常羞愧，当时还真想一脚把布鲁斯踢走。

于是，男主人只能带着布鲁斯回到了他们之前坐的位子上。布鲁斯还什么都不知道，它跟着自己的主人兴高采烈地走着，好像自己很光荣一样。它根本就没有去在意女主人那低低的安慰声，还有对裁判不满的抗议声。男主人在一个信封的背面匆匆地写下了"出售，随你出价"这几个字，然后把那个信封贴在了布鲁斯站的那个长凳的边上。然后他像颁布命令一样对女主人说："这就是我们，还有家里所有养牧羊犬的人学的第一课！"说完，他就挤到了场地前面，去看其他狗的评判了。

女主人一直在后面走来走去，轻轻地摸着可怜的布鲁斯，它居然得到那样的评判，太可怜了！然后，女主人也准备走到男主人那

第一章

里去看其他狗。可是当女主人正准备走的时候，她的裙子碰巧从长凳边上擦了过去，刚好把男主人写的"出售"的标志扯了下来，掉到了地上的草里。

有一个好心的狗主人看见了这一幕。他穿过走廊，看见那个信封掉在地上。出于一番好心，那个人把信封捡了起来，然后又贴回了那个长凳。

一个小时之后，一个陌生人拍了拍男主人的胳膊，问道："那只 48 号长凳上的狗是你的吗？就是长凳上贴着'出售'标志的那只狗，你打算多少钱卖了那只狗？"这时，那个女主人正在另一边和狗狗秀的负责人说着什么，男主人觉得愧对他的妻子，但是又觉得很开心。然后，他尽量避开了他妻子的注意，把那个想买布鲁斯的陌生人带到了布鲁斯站着的那条长凳那里。

几分钟之后，男主人走到了他妻子那里，她仍然在和负责人聊天。男主人用一种尽量不让他妻子觉得难过的口气说："亲爱的，那个，我找到了一个愿意买布鲁斯的人，他是来自纽约的哈丁医生，非常喜欢小狗，他还说布鲁斯看起来很强壮，而且忍耐力很强，他很喜欢。我在想他是不是想用布鲁斯来拉雪橇呢。他出十五美元向我买布鲁斯，我觉得很满意，有人愿意出这个价钱买布鲁斯，我真的觉得很幸运了。"男主人一口气把这一席话说完，他甚至不敢看他妻子的眼睛。然而，还没等他的妻子开口，他看见场地里的另一边有个熟人，于是立刻跑过去和那个人说话。

我们都知道，男主人只是个丈夫，而不是个英雄。女主人非常担心地看着那个负责人，鼓足勇气说："我想这或许是最好的结果了吧，我们商量好了，如果裁判说布鲁斯真的不是一只好狗的话，它就会被卖掉。但是我没有想到结果居然真的是这样，我很难过，因为我很喜欢布鲁斯；想到它就要去纽约生活，我更难过，纽约是个大城市，即便是一只狗，在那里生活也是很不容易的，我希望那个哈丁医生能够对这只可怜的狗好一点。"

那个负责人立刻反问她说："你说哪个医生？"刚才男主人说得很快，他没有听清楚那个买布鲁斯的恶人的名字，"你说的是那个从纽约来的哈丁医生吗？哼！"负责人接着讽刺地说，"你根本不用担心你的狗会不适应城市的生活，因为它根本就活不久！要我说，谁都不应该将狗卖给那个哈丁医生，他根本就不应该被允许参加狗狗秀，而且早就应该被送进监狱了。他可不止一次玩这种把戏了，他会在狗狗秀的过程中买一些便宜的纯种狗，狗越大越强壮，他就会付越多的钱。我想，他可能是觉得纯种狗比街上那些流浪狗更适合实现他那肮脏的目的，我想他们有一个很严密的组织，他简直太可恶了！"

女主人不知道他为什么这么激动，于是疑惑地问他："你说的什么意思？我不知道……"那位负责人继续说："我想你肯定听说

过哈丁和他所谓的'研究工作'，他可是最臭名远扬的活体解剖者之一，在……"接着他的话应该是对着空气说的，因为还没等他说完，女主人已经跑开了，她那小小的身影从人群里冲了出去。当她跑到布鲁斯之前站的那条长凳的时候，布鲁斯已经不在那里了，于是她立刻跑到了大门那里。

街道对面的马路上停着长长的一排汽车，有一个长得很强壮、行动很灵活的男人抬着一只很强壮的狗进了其中一辆车，那只狗好像很不舒服，一直在用力地挣扎着，但是怎么也挣脱不了。女主人看见后激动地大叫了起来："布鲁斯！"她边叫边冲到了马路对面。

布鲁斯听见熟悉的声音后发出了一阵吼叫声，而这时哈丁医生狠狠地打了一下布鲁斯的头，然后迅速地把它抓进了车里，伸出另一只手准备启动汽车。但是，在他启动汽车之前，布鲁斯的女主人已经跑到了汽车道上。她跑到哈丁医生的汽车那里，打开手提包，然后拿出十五美元丢给了哈丁医生，对他大叫着："把我的狗还给我，你付的十五美元我已经还给你了！"

哈丁医生咧开嘴笑着说："现在这只狗是我的了，而我不打算卖给你，请让开，别挡我的路，我要开车了！""我可不信你这一套，赶快把我的狗还给我，听不见吗？"女主人愤怒地朝哈丁医生吼道。但是哈丁医生没有回答她，他又准备去启动汽车，但是布鲁斯没有让他得逞。它一边奋力地挣扎着逃跑，一边叫着，哈丁医生不得不用双手去制服它。可是，布鲁斯还是在车里疯狂地扭动着身体，想要逃出去，回到女主人的身边。

女主人一把抓住哈丁医生的袖子，然后怒不可遏地对他叫喊着："我知道你是谁，也知道你买下可怜的布鲁斯是用来干什么的，今天你休想把布鲁斯带走，法律没能制止你们这些虚伪的借着'科学'的名义把可怜的狗抓到手术台上折磨至死的恶魔，让这些可怜的狗进了地狱，只是因为阎王不知道到底谁才是该进地狱的，你们应该受到惩罚才对！今天你们别想打布鲁斯的主意，你的钱已经还给你了，快放了它！"

"说出这种话只能说明你是一个傻瓜，你完全在胡说！"哈丁医生讽刺地朝女主人说道。他的德国口音在长时间的对话中也越来越明显，他接着说，"一个女人是无法理解我们为人类所作的贡献的，我们……"

女主人立刻反驳说："你们根本就算不上医生，大部分医生都否认了活体解剖对人类发展有贡献，剩下的小部分医生也不确定，他们没法确切地指出某一点来说明活体解剖对人类的发展是有用的。精神病专家们说你们这种人就是一种精神不正常的表现，你们就想要把动物折磨死，然后记录它们痛苦的经历，还说这是科学！"

哈丁医深深地吸了一口气，说："我……"

女主人完全不给他说话的机会，接着说："如果只有把活生生

第一章

的猫和狗切成碎片，把它们慢慢地在痛苦中折磨死才能够帮助人类，那么在我看来，我们人类只会发展得越来越糟糕！如果你们这些活体解剖者不是用那些可怜无辜的狗来做实验，而是用你们自己，我想整个社会就不会再有人说你们残忍，没有人性了，但是你别想碰我的布鲁斯，快放了它！"

听完女主人说的话，哈丁医生没有回答女主人，只是不屑一顾地咕哝了一声，同时把布鲁斯紧紧地压在他的右胳膊下面，确定布鲁斯没法逃走后，他立刻启动了汽车。车子发出了隆隆的声音，哈丁医生踩下油门，汽车便开始向前开了出去。他向女主人狠狠地叫道："快走开，别挡路，我要走了！"

汽车突然启动，让女主人吓了一跳，一下子失去了平衡，朝后面摔倒了，路上铺了柏油，很幸运的是她的头没有受伤。但是女主人没有被吓到，她又爬起来站到机动车道上，这时她非常气愤，又觉得委屈，眼泪在眼睛里打转。她很快跑到汽车旁边，想去救布鲁斯，她一声声地叫着它的名字。哈丁医生正用他的左手操纵着方向盘，右手仍然紧紧地扣着不断挣扎的布鲁斯，而这时女主人又跑到车窗边发疯似的想要把布鲁斯抱出去。哈丁医生的右手突然放开了布鲁斯，想把女主人的双手推开，而且现在女主人把手放在快速移动的挡泥板也很危险，更重要的是，哈丁医生可不想惹什么麻烦。或许是因为听见了女主人的哭声，又或许是看见哈丁医生好像要伤害自己可怜的女主人，布鲁斯体内沉睡已久的灵魂突然间被唤醒了。布鲁斯像所有其他看见自己的主人受到伤害时的狗的共同反应一样，布鲁斯终于发怒了，它要保护它的主人。

布鲁斯发出了一种类似于野兽的咆哮声，这是在人们看来一直像小丑一样的布鲁斯第一次发出这种愤怒的声音。布鲁斯那不是很灵活的身体直接朝哈丁医生的脖子扑了过去。

与此同时，哈丁医生看见布鲁斯扑过来，于是朝布鲁斯狠狠地挥了一拳，布鲁斯一下子被打到了车的角落里，整个身体痛苦地蜷缩在一起。但是哈丁医生也好不到哪儿去，因为在布鲁斯被打之前，它那锋利的牙齿已经在哈丁医生的脖子上留下了一道可怕的长长的伤痕，那道伤痕正在流血，而且离脖子上的静脉非常近，哈丁先生这回真是危险地捡回了一条命。

哈丁先生那突然的一拳也让布鲁斯吃惊不小，它在车内底板上慢慢地缓过神来，然后调整了一下，稍稍恢复了体力，又极其迅速地朝哈丁医生的脖子扑了过去，但是这次它没有成功，因为就在那一瞬间发生了很多事。布鲁斯第一次向哈丁医生扑过去的时候，哈丁医生受到惊吓，他本能地保护自己，于是手和脚都伸了开来，但是他的脚没有踢到布鲁斯，而是很碰巧地重重踩在了汽车的油门上，于是汽车立刻朝前面飞奔出去。而就在这个时候，布鲁斯又一次向哈丁医生扑了过去，哈丁医生本能地把自己原本

扶着方向盘的左手迅速地抽了回来保护自己，结果就是这辆没有人操控的疯狂奔跑的小汽车冲向了马路对面的一户人家的墙壁上，接下来就是一片混乱。

等警察们来到事故现场，那里已经围了一群无所事事的看热闹的人，在一堆玻璃、木头还有金属的碎片中，警察们发现两个身体挤在了一起，那便是哈丁医生和布鲁斯。当地的救护车带哈丁医生去了医院，而布鲁斯主人家的车也同时载着在车祸中失去知觉的布鲁斯冲向了最近的一家动物医院。哈丁医生在当地小镇的医院里接受了贵宾般的治疗，他的一处肩胛骨摔碎了，鼻子和下巴也骨折了，而且有点轻微的脑震荡。而布鲁斯呢，它的左前腿摔断了，它身上的毛也被玻璃碎片扎得乱七八糟。在那家动物医院里，医生给它进行了细心的包扎。当天晚上，它就回到了主人家里。

经过了这件事，布鲁斯在它的主人们眼里就变得不一样了，它不再是一只只会惹麻烦的笨狗，现在主人们看到了它身上的价值。这次它勇敢地保护了它的女主人，而且它伤得也很严重，于是它得到了细心的照顾，等待慢慢恢复健康。过了几个星期，布鲁斯断掉的左前腿上的石膏换成了绷带。又过了一两个星期，就像治疗布鲁斯的那位兽医所预期的那样，布鲁斯完全康复了。布鲁斯还没康复的时候就一直习惯把它的左前腿抬起来。

可是后来，当它的腿康复后，医生拆开了绷带，它的习惯没有改过来，还是喜欢把左前腿抬着，于是男主人把布鲁斯没有受伤的右前腿也绑上了绷带，布鲁斯就认为自己的右前腿也受伤了。可是它总不能把两只前腿同时抬起来走路啊，于是它就不得不用左前腿来走路了。这时候，它才惊奇地发现自己居然又可以像以前一样很轻松地走路了，不知不觉中，它那只受伤的前腿就这样完全恢复了，所以，等男主人将布鲁斯腿上的绷带都拆下来的时候，它走路已经和以前一样正常了。

　　而就在布鲁斯恢复的同时，有一个律师以哈丁医生的名义向法院提起了诉讼，那个律师的名字听起来好像是某种莱茵白葡萄酒的名字。他起诉布鲁斯的女主人是他的客户哈丁医生那场车祸中的附带原因。实际上，这场诉讼没有经过审理就匆匆定了案，倒不是因为原告改变了心意，而是刚好在起诉的时候，哈丁医生就被逮捕了，警察说因为他是敌国的人。那个时候，美国刚好向德国宣战了，于是哈丁医生这个迟迟未被发现的间谍终于被抓了起来。

　　当联邦政府搜查哈丁医生的家，找他是间谍的证据（他们的确找到了很多证据）时，他们碰巧发现了哈丁医生的实验室。里面的狗超过了五只，正被他以各种方式折磨着，有的被捆在桌子上，有的被挂在墙壁上的钩子上，而哈丁医生在知道这一切后还非常不满地大声咆哮，说他的科学研究被打断了。

　　在那场车祸发生两个月之后的某一天，布鲁斯终于可以再一次

第二章

059

用四只脚站起来了，它那受伤的前腿没有留下疤痕，也没有一点点
跛的痕迹，它完全康复了。也就是从那一天起，布鲁斯的男主人和
女主人第一次发现了布鲁斯身上的一个小小的改变，这种改变非常
微妙，以至于其他人都没有看出来。他们俩在那一瞬间都惊呆了，
只是傻傻地看着他们的宠物。

　　因为两个月前，他们的那个没成形的调皮捣蛋的很笨的布鲁斯
不见了，简直就像是大自然神奇的魔法一样，布鲁斯长成了一只漂
亮的身材优美的纯种牧
羊犬。现在布鲁斯那锥
形的头部很匀称，再也
不像它小时候那样根本
就没什么形状可言，现
在已经完全能够对得起
它那纯正的血统了。它
那原来瘦弱的身体也长
长了很多，身上以前的
那些皮包骨和打结的毛

都看不见了，布鲁斯现在真的变成一只很漂亮的牧羊犬了。他身上
原来那一片片卷在一起的带点黄色的毛，已经变成粗粗的黄褐色的
皮毛，而且毛还很厚，每一根毛的尾部都带着很亮的黑色。布鲁斯

的那双眼睛也变得炯炯有神，好像里面住着它的灵魂一样，并且只要透过这双眼睛，你就能知道这只牧羊犬一定很聪明。就像是丑小鸭的故事一样，布鲁斯就是那只变成了天鹅的丑小鸭。

女主人看到这一切，惊讶地说："这到底是怎么了？布鲁斯怎么变得这么漂亮，我从来都没想过它居然能变得这么漂亮！"她的声音里充满了喜悦和惊讶。听见女主人的声音，布鲁斯朝她走了过去，然后轻轻地把自己的一只白色的脚放在女主人的膝盖上，眼睛直直地盯着它的女主人。

"哎，布鲁斯现在好像能听得懂我们的话了！"男主人也叫了起来，"你看着它的眼睛！一看就知道它现在有多聪明，哦，这真是一个奇迹，它再也不是那只我想卖掉的一点用都没有的小狗了，再也不是了！"

的确是这样的，布鲁斯不再是以前那只愚蠢的到处惹麻烦的小狗了，这次受伤刚好是在它成长过程中最重要的时期，也就是它性格成形的时期。而这次的事件对布鲁斯起到了很大的作用，大大地促进了它的成长，也将它体内某些潜藏着的能力唤醒了。同时，在和人类的长期不断的接触当中，布鲁斯那不成熟的心智也同样得到了极大的发展，这两者加在一起，就塑造了现在的布鲁斯。看来萨克雷、华盛顿、林肯，还有俾斯麦的例子真的是有道理的，布鲁斯终于开窍了。

第一章

　　其实所谓的奇迹只是动物们在每天的生活中不断成长变化的一个自然过程的缩影而已，时间可以将一只又脏又笨的小鸭子变成一只美丽的白天鹅，或者是将一匹愚钝的小马变成一个非常优秀的德比赛马冠军，这就是看不见的时间的力量。但是在对布鲁斯抱有希望的男主人和女主人眼里，布鲁斯的这种变化真的算得上是一个惊人的奇迹了。

　　可能就在哈丁医生出车祸的那个现场的某个地方，布鲁斯找到了它的灵魂，然后它就自然而然地得以迅速成长，一下子有了很大的变化。在秋天汉普顿举行的狗狗秀上，有一只异常美丽的牧羊犬非常骄傲地走到了中间那个靠近女主人的场地，它长得出奇地大，身上黄褐色和白色交错，它就是布鲁斯。

　　布鲁斯所在的那一组都是所有年纪不到十二个月的狗。六分钟之后，布鲁斯的女主人非常高兴地接受了第一名的蓝色丝带，西蒙兹亲自公布布鲁斯被评为"最好的狗"。之后是其他组的比赛，包括"刚出生的狗""户外的狗""有缺陷的狗""当地的狗"以及"美国本土品种的狗"，等等。当布鲁斯最后很有气势地走出比赛场地的时候，它一共获得了六根蓝色丝带，还有这次比赛的"最好的牧羊犬"独有的一个蓝色的冠军花环。

　　当西蒙兹将冠军花环交给女主人的时候，他赞许地说："夫人，你的狗真的很不错！无论是哪一方面都很好，我相信它将来肯定会有很大的成就，这是我见过的最好的……"还没等西蒙兹说完，女主人便温柔地打断了他的话，说："你真的这么觉得吗？为什么呢？有一位美国很有名的牧羊犬评判专家曾经说布鲁斯是一个丑陋的'怪物'呢！"

西蒙兹觉得很诧异，不相信地说："真的吗？不是吧！一个评判专家如果那样评价布鲁斯，就说明他根本就不知道什么是好的狗，他……"女主人高兴地看着手里布鲁斯赢得的那一把蓝色丝带，回答说："是的，他就是看走眼了，不过我相信这一次他没有再看走眼！"

第二章

一 战争中勇敢的布鲁斯

　　那位到布鲁斯家来的客人准备放弃他的计划，他原本是打算坐今天晚上的火车去纽约的，现在他决定待到明天早上再走。这位客人是一支常备军的队长，他刚从法国战场上回来，他是回来教那些没有打过仗的士兵一些战场上的实用技巧的。因为队长决定在主人家过夜，所以在吃过晚饭之后，队长和女主人还有男主人一起坐在房子西边挂满葡萄藤的走廊下面，看着西边天空中日落的余晖渐渐将天空染成一片火红，在远处的湖泊里洒下一片金黄。

　　如果能逃离军队里的那些琐碎枯燥的工作，在这乡村的房子里多享受片刻的宁静，该是多么幸福的一件事啊！当时那位客人心里就是这么想的。

　　这时，男主人说："真的很高兴你答应在这里住一晚再走，我叫人带信给罗伯特，让他今天晚上不要来接你了。"他说话的同时，用笔在一个信封的后面写了几个字，然后吹响了口哨。葡萄架下面的休息室那边跑出来一只巨大的牧羊犬，它长得很漂亮，那就是布鲁斯了。它的毛是黄褐色的，又带着白色，眼睛黑黝黝的，看见它的脑袋，你会想起兰西尔的雕刻。布鲁斯从走廊那边慢慢地跑了过来，然后站在它的男主人面前等着命令。

男主人这时已经把信封折得长长的，然后固定在布鲁斯颈圈上的那个小扣环中间，对布鲁斯说："把信交给罗伯特。"然后男主人拍了拍手，布鲁斯就转过身跑了出去。

队长看见这一切，忍不住夸奖说："真不错，布鲁斯现在完全服从你了，你让它做什么它都会去做，它难道知道罗伯特现在在哪里吗？"

男主人说："不，它不知道，但是如果罗伯特现在在两千米之内的话，布鲁斯可以根据他的脚印和气味找到他，这就是我们教布鲁斯的第一件事——送信。我们会把信放在布鲁斯颈圈的扣环中，然后告诉它信要送给谁，当然，前提是它要知道那个人的名字。所以这对它来说不难。我们会觉得一只牧羊犬能做到这样已经很聪明了，只是因为我们都很爱布鲁斯，其实，其他所有的狗如果都去教的话，它们能做到的，我想我们……"

队长这时不同意了，他说："你这么说可不对，事实上是其他

所有的狗几乎都学不会送信，当然会有很少的一部分可以，那些狗都只是例外而已，我知道得很清楚。因为我经历过战争，特别是在地道战中，能够传递信息的狗是非常重要的。我从法国的皮卡第回来的时候，在英格兰的一所狗狗训练学校里待过一段时间，我目睹了那些狗是怎样被训练的，然后被送去法国和弗兰德斯，它们之中只有很少的几只能够学会送信，而可以完全信任和依靠的狗就更少了，所以，你们应该为布鲁斯感到骄傲才对。"

女主人听了之后回答说："我们一直都为它而感到骄傲，它现在就像我们家的一分子一样，我们一切事情都会替它考虑，它当年可是一只笨得不得了的小狗啊，但是过了几个月之后，它突然就变成了现在这样，我想是它的脑子开窍了吧！"

这时候布鲁斯回来了。它走到了走廊上，折起来的信封还在它的颈圈上。队长偷偷地看了看男主人的表情，他心里想着布鲁斯没有把信送到，男主人肯定会很生气的。但是，事情并没有像队长所以为的那样，男主人并没有生气，他从布鲁斯的颈圈上取出了那个信封，打开以后，他看见信封背面他写的几个字下面有人加了几个字，于是他也拿起笔接着在后面写了几个字，然后一边把信封放回布鲁斯的颈圈扣环里，一边说："罗伯特！"于是布鲁斯又跑开了。

男主人这时才解释说："我忘记告诉罗伯特，你明天早上坐哪班火车了，所以罗伯特在信封上问我，明天早餐之后他什么时候把

车开过来，这完全是我的失误。"那位队长没有说话了。一会儿之后，布鲁斯又回来了，这次它颈圈上的信封没有了。

那位队长赞许地摸着布鲁斯，盯着它那双乌黑的眼睛，然后问道："它害怕枪声吗？或者说它是不是曾经听过枪声？"

男主人回答说："它听的枪声可多了，当然，在我家我从来不允许有人开枪，因为我们养了很多鸟，但是当我们开车去哈斯凯尔试验法国机枪的效果时，布鲁斯是和我们一起去的，那些机枪的声音可不小，但是布鲁斯好像并没有什么感觉。"

那位队长沉默了一会儿，他的职业兴趣突然被挑了起来，他十分认真地说道："布鲁斯如果能上战场，肯定很厉害，军队里有很多牧羊犬，几乎和警犬一样多，它们也帮了我们很大的忙。但是我还没有见过像布鲁斯这样聪明的牧羊犬，它真的非常适合军队的需要，但可惜它生在这里，本来如果它乐意尽自己的一份力，它可比一般人有用多了，虽然有很多狗排队去打仗，但是军队里好的送信的狗还是很少。"

队长说这话的时候，女主人一直都很紧张，有那么一会儿甚至可以说有点害怕，而男主人也皱着眉头，好像想到了什么难过的事情。接下来安静了一会儿，谁都没有说话，最后男主人打破了沉默，他问道："军队里的狗真的就像报纸上写的那样，要做那么重要的工作吗？有一天我在报纸上看到……"

那位队长回答说：“要我说，当然是重要的工作，它们不仅能发现受伤的战士，还可以在情报站站岗，等等，最重要的是可以作为通讯员去传递信息。打仗的时候，有很多次，我们的无线电没法将重要的信息从一个地方发送到另一个地方，而且又没有电话，战场上战情又很紧张，没法让人去送信。这时候，军用狗们就会发挥很大的作用了。特别是牧羊犬，有无数的例子都可以说明，牧羊犬在战场上是非常勇敢的。我就讲两个例子吧，那可都是英国战争办事处记载过的。有一只牧羊犬在法国的苏瓦松附近，它正带着一个信息穿过刚刚经过战火洗礼的很危险的地带，偏偏被一个德国的狙击手看见了，于是那个德国狙击手朝它开了一枪，打中了它的一只脚。那只牧羊犬中枪后虽然非常痛苦，但是没有停下来，继续传送信息。还有另一只牧羊犬，送信时经过一片更大更危险的地带（那是1916年索姆河战役的时候），它跑的时候敌人一直在朝它开枪，它中了两枪，伤得非常严重，支撑不住倒了下来，但是它还是继续往前爬着，一点一点地用尽全力向前挪动着，最后它终于到达了目的地，把信息带给了一位将军，然后英勇牺牲在那里。这只是许许多多真实的优秀牧羊犬故事中的两个而已，但是美国有很多愚蠢的所谓‘非功利主义者’在打仗的时候不愿意把狗送上战场，但是法国的狗呢，它们照样被送上战场，现在还不是活得很好吗？”

　　当那位队长激情昂扬地说完这样一段话之后，男主人和女主人都没有说话，他们两个其实都没有听进去队长最后讲了什么，只是沉默地看着对方，眼里满是哀伤。因为他们都想到了那个可怕的念头，也知道对方想到了。

然后，男主人朝女主人看了看，带着询问的目光；女主人立刻弯下腰，不舍地把她的脸紧紧地靠在了布鲁斯的脖子那里。布鲁斯正站在她身边。她无比爱怜地摸了摸布鲁斯的头，然后转过头朝好像在询问她意见的丈夫看了一眼，不得已地点了点头。

男主人大声地清了清嗓子，朝着还什么都不知道的队长，用很平常的口气说："我记得我告诉过你，早先战争爆发的时候，我曾想过去参军，保卫我们的祖国，但是我已经四十多了，而且有很多条件都不符合参军，比如心脏不好，以及很多其他的缺点。虽然无法上战场，但我和我的妻子一直在尝试为我们的国家尽自己的一份力。和你们相比，我们能做的真的很少，我们也没有儿子可以让他去参军。"

说到这里，男主人又清了清嗓子，然后用一种难过和不舍的口气接着说："我和妻子都知道你来这里想要什么，我们同意了，你可以带布鲁斯走。"

听到男主人这么说，那位队长高兴地拍起手来："太好了，布鲁斯一定会……"

男主人没等他说完，又认真地说："如果你认为我和我的妻子一开始没有很乐意地把布鲁斯交给你，因此觉得我们很不合作的话，那你就想想我们有多爱布鲁斯吧，想想它对我们有多重要。我们现在不是把它交给某个能够给它更好的生活的人，我们是把它往战场送啊！战场上到处都是敌人的子弹，还有饥荒以及各种疾病，它早晚都要遭受那些的。可是，只要一想到它会受伤，然后无助地躺在一个没有人烟的地方等死，或是被敌人抓住，然后吃掉（红十字会公告说过，在战争开始的前一年，也就是1913年，在萨克森州就有八千多只狗被敌人吃掉），又或者是被一些德国的活体解剖医生以'科学'的名义切成一块一块，我们又怎么忍心呢？我们可以让布鲁斯去战场，但是你别希望我们能够心甘情愿地把它送给你，因为我们真的做不到！"

听完男主人说的话，那位队长有点尴尬，他刚刚开口说"我……"的时候，女主人又打断了他，女主人有点激动地说："队长，你也看见了，布鲁斯虽然是我们的宠物，但是我们早已把它当成自己的孩子一样对待，它出生在这里，从小就在这里长大，这里就是它的家。它每天可以在树林里散步，可以在小湖里游泳，这里就是它的家，如果它离开，肯定会很不开心的……好吧，我不说那些了。每当我想到那些把他们的儿子、他们的一切都献给自己的国家的人时，我觉得如果不让布鲁斯跟你走的话就会感到很惭愧，但是布鲁斯对我们来说不仅仅是一只狗啊，它是我们的布鲁斯，是我们的孩子啊。现在我唯一的请求就是，如果它在战场上受伤了，请你一定要安排送它回我们这里，当然，我们会付给你钱的。还有，请你写封信给那个英格兰狗狗训练学校里你认识的人，请他在训练布鲁斯的时候好好对待它，我们从来没有打过它，你也能看到，布鲁斯是多么听话。"

其实女主人是过于担心，布鲁斯去那个训练学校会遭受不好的待遇，但那里可不是一个残忍地对待狗的地方，而是帮助它们发展和锻炼自己的地方。能够进入那个训练学校的狗都是经过千挑万选的，等狗们被送去那里，军队里的训练员会挑出一批很有天赋的狗进行培养。就像老师们会花很多心思去关心和培养他们的学生一样，教他们各种本领，就是希望他们将来有一天可以成才。

在布鲁斯的男主人和女主人都同意布鲁斯去战场的一个半月之后，布鲁斯被一辆货车送到了集训营的火车站，火车站的人员准备安排布鲁斯到下一站。男主人亲自送布鲁斯到了布鲁克林的中转站，然后送它上了那艘装了满满的货物的船。作为一只家养的牧羊犬，布鲁斯看见周围新鲜的事物、听见不一样的声音的时候，它对一切都充满了兴趣。但是，当布鲁斯的男主人把它交给那个负责在船上照顾它的长官手上时，它乌黑的眼睛里立刻透露出了一种想要回家的想法，它能感觉到自己就要离开那个家了。

果然，它看见男主人把它交给了别人后，就转身准备独自离开，他那孤单的身影和船上的喧闹形成了鲜明的对比。它想也不想地挣脱牵着自己颈圈的长官（尽管那位长官看起来很友好），跟在了它的男主人后面。而此刻，它的男主人的心情也非常沉重，他正一步一步艰难地朝岸上走着。突然，他感觉到了布鲁斯湿湿的鼻子正在碰着他的手。他转过身来，低下头看着布鲁斯，布鲁斯正疑惑地看着他，好像在恳求他不要独自离开。

男主人知道布鲁斯在想什么，他艰难地咽了咽口水，他也不想这么做的。他不舍地摸了摸布鲁斯那漂亮的头，布鲁斯正紧紧地靠在他的膝盖上。

最后，男主人还是把布鲁斯带到了那个长官手里，然后命令般地对它说："布鲁斯，听话，待在这里别动，我知道你会做得很好，不会让我们失望的。我们会一直等着你回来，虽然机会很小。我并不是抛弃了你，你要相信：家里的每一个人都不会忘记你的！你去战场完成你的使命吧，会有很多伙伴和你在一起战斗的，如果可以的话，我也会去的，我已经做了所有我能做的，包括把你送走，你相信我，一切都会好的！"

这时布鲁斯终于明白，它是要离开所有它爱的人，然后去一个它很不喜欢的地方了，可是这是男主人的命令，所以它不能违抗。明白这一切后，男主人再一次上岸离开时，它没有再跟上去，但是那一刻，布鲁斯感觉自己全身都在发抖，它一直看着男主人离开，直到最后什么都看不见了。布鲁斯长长地叹了一口气，然后重重地躺了下来，把脑袋放在两只白色的前脚上。它在想，不论将来遇到什么，既然是男主人命令它的，无论如何它都要去完成！

接下来两个星期的海上旅程让布鲁斯觉得非常痛苦，因为那条船在无边无际的波浪的冲击下一直在摇晃，作为一只从来没有出过远门的牧羊犬，布鲁斯第一次尝到了海上旅行的滋味。

终于，他们在英国的一个港口上岸了，接着又坐火车来到了一个军营。在那里，布鲁斯将度过接下来的三个月时间。

刚到那里，布鲁斯就闻到这个地方的狗会比它之前遇到的所有狗都要多，但是它的听觉告诉它，在它周围两千米之内只有很少的狗，因为在这里根本就听不见像狗狗秀那样会有很多狗叫的声音。

其实，军队里的第一项，同时也是最严厉的规定，就是禁止出现狗叫的声音，除非是有什么特殊的情况。战争中的狗主要是用于前线作战的，而且一声狗叫比十个士兵的叫声还要重要。当我们的战士遇到了危机，并且听不见任何声音的时候，狗的叫声就是他唯一的向导。

因此，如果敌方的飞行员在夜里出现在我们军营的上空，想要突袭我们的话，就在他可能会炸毁我们的战壕或分队的军营的时候，军队里的狗就会叫起来，告诉大家危险的来临，所以狗叫声在军队里是一种很重要的信号。鉴于以上种种原因，新来到军队里的狗要学习的第一课就是不要随便乱叫。这次所有被送到军队里的狗，包括布鲁斯，都被按照品种进行了分类，然后去接受不同的训练任务。

牧羊犬们的训练任务就是送信，而长着三角形的脑袋、看起来又凶又可怕的艾尔谷犬也是做同样的送信工作，不过它们还要运送红十字会的救援物资，以及寻找受伤的士兵。瘦瘦的长得像狼一样的军犬要做后两项工作，也就是送红十字会的救援物资以及寻找受伤的士兵，它们同时还要被训练着去站岗。

所有不同品种的狗都会接受严格的训练，不论是那些非常擅长寻找、报告和救援受伤士兵的英国古代牧羊犬，还是那些被训练着冲出战壕的小型狗和那些杂种狗。

所有训练员们都必须安静地持续不停地工作，训练狗们掌握各种技巧，英国最好的狗训练员来到了这里参军。他们的训练能不能成功，狗们能不能准确而顺利地完成它们在战争中的任务，都关系到千千万万的士兵的生命，甚至是一个国家的命运。

在训练的过程中，训练员们会发现很多的狗都很愚蠢，或是不可靠，有的害怕听到枪声，或者是一遇到紧急的情况就会犯糊涂，这些无法胜任工作的狗都会被排除，然后被送回它们之前的主人身边。而其他被挑选出来的狗都是很聪明的，并且很称职，它们会在训练中取得飞快的进步，牢牢地掌握它们的技巧，就如同一些士兵所做的工作一样。

布鲁斯在军队里觉得很孤独，也很伤心，但是作为最好的纯种牧羊犬的一员，它把自己全心全意地投入到了艰苦的训练之中。因为之前在主人家就受到过不少的训练，所以相对其他牧羊犬来说，布鲁斯基础打得很好，之前学那些技巧都是用来逗它的男主人和女主人开心的，只是好玩而已。可是现在，这些技巧关乎它自己的生命，也关乎别人的生命。布鲁斯的训练员也在一步步地训练它，发掘出它体内潜在的那些之前没有被发现的能力，正确地加以指导和巩固，开发它的智慧，最后再对它进行进一步的完善。

在剩下来的合格的狗中，像布鲁斯这样聪明的很少，所以训练员就会觉得，其他合格的狗相对于布鲁斯来说还是很笨的，因为布鲁斯好像很轻松地就掌握了学习的技巧，只要训练员教过的东西它就不会忘记。所以说，在送布鲁斯来军队之前，它的女主人根本就没有必要担心训练员们会打布鲁斯，因为布鲁斯是它的训练员训练过的所有狗中最聪明的一只，它的训练员喜欢它都来不及，又怎么会去打它呢？离开家之后的第一个月对布鲁斯来说，过的是一种很单调很严厉的生活，因为训练，虽然没有人对它不好。

慢慢地，随着时间的流逝，布鲁斯也能从它的训练中获得一些乐趣了。有时候，它甚至都快忘记了它那念念不忘的从小就生活的家，还有它的男主人和女主人。刚来这里的时候，布鲁斯经常会觉得很悲伤，会想念远方的家人，可是现在，它发现军队里有很多让它感兴趣并且觉得刺激的事情，而且它开始期待每天的训练，好像那是一件很开心的事似的。

终于，三个月的训练结束了，布鲁斯被送到了法国。在那里，它之前在训练营学习的那些不知道用来干什么的技巧全部都派上了用场。

在长长的弗兰德斯山脉的山脚，驻扎着叫作"我们来了"的军团，那是美国和法国的步兵团混合在一起组成的。那里有一条长长的战壕，离战壕右边几百米远的地方，驻扎着英国的兰开夏兵团，那是

康沃尔下属的一个军团，战壕的左边是两个法国兵团。

前面正对着一个小山坡，不远处是德国军队前线的战壕，那里堆着很多沙袋。后面是山，前面是德国兵团，左右两边分别是英国和法国的军队，"我们来了"军团驻扎在这里，为了守护一个安静的要塞——在军团后面的山的另一边，驻扎着联合军队的炮兵部队，其他地方也零零星星地分布着很多英国的储备军小分队。

其实不用这么详细地介绍"我们来了"军团周围的环境，因为一切很有可能随时发生变化。

德军将领鲁登道夫和他的伙伴刚才正一起谋划对联合军队战线的几个连续据点展开袭击，想找到他们防线薄弱的地方，伺机猛攻。那片看似安静的区域早已成为德军的重点进攻目标，但联合军队的前方士兵们还不知情。

不过，虽然稍有延迟，但山后的联合军队的高级长官们已经知道，德军即将对联军防守薄弱的前线发起进攻，因为有很多联合军队的飞机一直在上空飞来飞去，像眼镜一样，时刻盯着地面的细微动向。从它们的视角来看，满是伤痕的地面列着一队队弯曲的军队。他们看到德军的防护线后面有一支数量惊人的军队，并且把这一切都告诉给了山后的总部。

所有人都感觉，战争将会一触即发，除非那些德军防线后的准备工作都只是做做样子，不然按照他们这个阵势，肯定是要发动进攻的。

终于，战斗开始了。天慢慢亮了，这个"安静"的战壕也都安静了下来。

可是在夜里，这里整夜整夜地响着炮火声，还有各种枪声，偏偏只要天一亮，一切就都安静了下来。联合军队放哨岗的士兵里有两个中了枪，还有一个正靠在栏杆上面观察着，他必须更加小心了。敌军丢了一颗炮弹到战壕里，电话信号被炸没了，和外界失去了联系，还有很多无辜的士兵也丢掉了性命，他们不得不提高警惕了。

"我们来了"军团的军士长马汉躺在防空洞里，他之前是在美国军队里工作的。现在，他正和他的下属戴尔军官以及法国军团的威威尔军官打扑克，玩得正起劲。马汉军官赢了很多，而那位法国的威威尔军官还想不明白为什么自己总是输。其实，现在这三位军官暂时都身无分文，他们输赢的结果也就是几张借据罢了。

所以，当对面的德国狙击手朝这边发动猛然袭击的时候，他们三个都没有继续打下去，而是停下来想看看到底又发生了什么。马汉军官嘟囔着站了起来，他准备走出去看一下情况，于是板着脸说道："看来有的蠢货想试试把他们的脑袋伸出沙袋墙多高才会引来敌人射击。德国兵的子弹居然能射穿这个蠢货的榆木脑袋，也真是个奇迹。"

事实上，马汉军官这么说其实是没什么根据的，敌方的狙击手

第一章

081

并不是想朝这边的沙袋墙射击，他们的子弹射得很高，他们是对着战壕后面的山坡射的。在山坡下面，马汉和其他的军官不知道发生了什么事，听到枪声的士兵们都一脸严肃地看着前面，这时跑过来一只很大的黄褐色和白色相间的牧羊犬。早晨的凉风吹动着它背上那厚厚的黄褐色的毛发，他们可以看见它靠近皮肤的地方有层金灰色的毛，它肚子上那白色的毛在风中就像雪花一样漂亮。原来德国军队的子弹是朝这只牧羊犬射过来的，时不时地就会有子弹从它的头旁边擦过。紧接着，"我们来了"军团的战壕里响起了士兵们震天的欢呼声，他们在欢迎这只牧羊犬的到来。马汉军官高兴地叫了

起来："原来是布鲁斯啊，我就知道电话线被炸掉、失去信号后就会有送信的牧羊犬来的,布鲁斯……"

还没等他把话说完，法国的威威尔军官就忍不住赞美起布鲁斯来："真不错，刚才它那么镇定，子弹对它来说就像是苍

蝇一样，它一点都不害怕，它真勇敢！"

戴尔军官也叫了起来："是的！"但是他好像有点担心，因为紧接着他说，"据我所知，布鲁斯已经不知道多少次这样危险地穿梭在战场上了，我真怕哪天它会中枪，被德国士兵射中。"

威威尔军官不屑地说："射中布鲁斯？我想没有哪个德国士兵可以做到！布鲁斯就像它的名字一样，很勇敢，也会很幸运，它命很大的，我曾经看见过不知道多少其他的狗中了枪，可布鲁斯还是好好的。"

布鲁斯避开从身边飞过的子弹，安全地停在防护堤前。它站在那儿，毛茸茸的大尾巴摇摆着，向大家致意。一个身穿卡其色军装的士兵伸手把它拉进了战壕。

一个中士取下装在布鲁斯颈圈上的信封，交给上校。

信上的内容之前已经通过电话传达给了驻扎在"我们来了"军团左翼和右翼的联军部队。由于这里的通信中断，不得已才用军犬传递信息。纸条上的指示是要求上校在傍晚的时候带领他的军队从前线撤退，然后和后面山顶上的一支军队的主力会合。因为现在这里的前线已经不重要了，所以也不用继续防守，而且这个军团的兵力根本就抵挡不住强大的敌军进攻，因此他们要赶紧撤退，和其他主力会合。

现在布鲁斯的任务已经完成了，于是它很悠闲地回应着那些围着它友好地打招呼的士兵。有一个士兵给了布鲁斯一块已经冷了的烤猪肉，另一个士兵把一块面包涂上猪油给它吃，还有一个士兵不知道从哪个隐蔽的地方弄来了一块在军队里很珍贵的巧克力给了它。还有很多其他吃的都送到了布鲁斯面前，它要是都吃掉，肚子可要撑死了，因此它只是选择几种喜欢的吃了一会儿。吃饱了之后，要是再有人给它吃的，它就会抽抽鼻子，礼貌地拒绝别人的好意。

马汉军官看到了之后说："你们看见了吧，这就是动物！当你们说某个人像狗一样狼吞虎咽的时候，你们就应该知道狗可不会呆呆地一直吃，它们只要觉得自己吃够了就会停下来。"

胖胖的戴尔军官接着说："我真庆幸我不是一只狗，特别是在发军饷那天，因为狗是享受不到人的那么多快乐的！"

这时候，布鲁斯周围的人不停地和它说话，而它在奔波后刚刚吃饱东西，已经有点累了。自从它进入训练营，它就一直受到大家这样热情的对待。一开始的时候，那位到布鲁斯家去的队长把布鲁斯主人对他的嘱托告诉了布鲁斯的训练员。而在训练营的时候，牧羊犬训练员的首领——一位严厉但个子不高的叫作麦克的苏格兰人，从他上班第一天就说过，美国的狗要比英国的狗更聪明，更有前途，也更容易和人类成为朋友。

就像人类一样，布鲁斯觉得被人喜欢或被人抚摩的感觉比被人忽视或踢的感觉要好。布鲁斯好像天生就和士兵们很合得来，当它没有执行任务的时候，它会和其他士兵相处得很好，士兵们也喜欢布鲁斯，所以给它很多好吃的。虽然在军队里，大家都对它很好，但是布鲁斯那乌黑的眼睛里还是会时不时地透出想家的目光，它想念那个遥远的安宁的家，那里有它永远都忠诚的男主人和女主人，那里的生活多么让人怀念啊，每天都非常开心，每一天都无忧无虑。而且那里也没有战场上那种到处都能遇到的轰隆隆的炮弹声、各种恐怖的血腥味和种种残忍的场景。

有时候布鲁斯那颗善良的心真的会受不了战场上的这一切，它非常渴望能够回到自己的家，回到男主人和女主人身边。但是它不能，因为它现在是一个称职的士兵，它不仅每次都能够非常成功地完成任务，而且它的身上好像有一种让人无法理解的智慧，这是一般的狗所没有的。因此，军队里很多人都把布鲁斯当作他们的偶像了。布鲁斯现在已经吃了很多它想吃的，肚子已经很饱了，而且大家一直都在抚摩着它，和它说着话，布鲁斯有点想独自待一会儿了。

于是，它走到了一个没有人的防空壕，蜷起身体躺在地上一块很破的地毯上，把鼻子放在两只白色的前脚上，然后就开始睡觉。德国军队的炮火不停地朝这边打过来，土地被震得不停地颤动，那不停歇的轰隆隆的声音吵得人的耳朵很难受，但是一点也没有打扰到布鲁斯。在军队待了好几个月，它也已经习惯了这种烦人的声音，并且能够在炮火声中睡得很香。在布鲁斯睡的防空洞的外面，战火

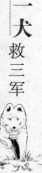

非常激烈，德国的大炮一直朝这边开火，看来他们是要全面进攻了。

在"我们来了"军团战壕的左边很远的地方，有一团不知道是什么的东西，正在地上慢慢地移动着，然后很多像蛇一样弯弯曲曲的气体形成了一堵灰绿色的墙。当太阳光照到那堵灰绿色的墙时，出现了很多黄色和粉红色的小点。在"我们来了"军团的右边，还有前面，也出现了和左边一样的场景，原来是敌人向他们放了毒气。

"我们来了"军团也早有准备，他们之前匆忙地做了一些面具，可以抵挡毒气，那个时候他们还不知道敌人什么时候会放毒气。一阵风吹来，那团毒气分成了两部分，继续向"我们来了"军团的方向移动着，它们分别从左边和右边飘来，距离越来越近了。不断的炮弹袭击，加上四周的毒气夹攻，都说明了一件事，那就是敌人开始全面攻击了。

"我们来了"军团左边和右边的部队立刻接到了紧急电话，电话让他们赶紧撤退，躲过毒气，然后抵达安全的地方。两只通信狗也都带着同样的信息送给电话失去信号的"我们来了"军团，但是一只狗遇到毒气，被毒死了；另外一只中了枪，也死了。最后，就只剩下"我们来了"军团没有收到消息，依然驻守在那里（他们自己那时候还不知道）。他们现在左右两边都没有任何帮助，只剩下那么一点兵力去阻拦来势汹汹的敌人的攻击。

紧跟在分散的毒气团后面不远的，是五支长长的德国的军队，他们正朝"我们来了"军团的方向挺进。他们的速度很快。

这五支队伍有秩序地向前移动，前面的队伍掉队的士兵就加入后一支队伍，绝对不落下一个人。所以，当第五支队伍，也是最厉害的一支队伍移动时，之前四支队伍中的幸存者们都加入了其中，他们组成了一支所向无敌的队伍，所有的士兵都大喊着往前冲。

"我们来了"军团的士兵们正用步枪和机关枪奋力地抵挡着对面朝他们进攻的黑压压的敌人们，他们一波接着一波往前冲，前面的人死了，后面的又接着顶上来，就这样前仆后继着。当敌人最强的第五支队伍压过来的时候，美国和法国的"我们来了"军团的兵力几乎已经到了极限，再也无法抵抗了。可是，由于他们的顽强抵抗，还是获得了胜利。

在终于打退了第五支队伍的时候，马汉军官对一个新来的士兵说："我就知道他们玩的什么把戏，他们是靠着人多的掩护才能到达这里，要是他们这次参加突袭的是一万而不是五千人，我想我们就要完了。但幸运的是他们没有那么多人，这也是我们盟国能战胜德国的原因。"马汉军官滔滔不绝地说着。

"我们来了"军团前线上的所有士兵也非常开心，但是上校和他的参谋并不开心，因为他们刚刚得知，他们左边和右边的友军们都撤退了，这样的话，单单靠他们是无法抵御敌人第二次、第三次更大的攻击的。

第章

上校可以肯定敌人还会发起进攻，因为他们也知道"我们来了"军团的友军都撤退了，他们现在是孤立无援了。接下来只是时间的问题了，敌人随时都有可能从两侧包围"我们来了"军团，然后让他们在夹击下无路可退，最终一举消灭整个军团。如果现在撤退的话，只能翻过后面那坐光秃秃的山，可是这样的话，在德国军队猛烈的炮火下，他们一定会全军覆没的。他们不能撤退，可是他们凭借这点兵力也守不住这块阵地了。现在唯一可以活命的机会就是后方派大量的兵力来支援他们，这样的话，他们只要守住战壕一直等到天黑就行了。其实他们的后备军就在不远的地方，可是战争中总是会碰到这个问题，那就是没法及时地通知后备军来救援。

　　上校无意间看到了防空洞的桌子上那张皱巴巴的纸条，这时他才想起来，布鲁斯就在前线的战壕里。上校立刻以最快的速度在纸上潦草地写下了他们现在的危急情况，请求援军来帮助，然后士兵立刻带着纸条来到了布鲁斯的防空洞门口，下达了上校的命令，布鲁斯醒来的第一瞬间就立刻去执行命令了。那张务必送达的重要纸条被牢牢地固定在布鲁斯的脖子上。上校走到了土墙的尽头，布鲁斯正在那里。上校亲自将布鲁斯带到了战壕外面，此刻他的双手既温柔又充满了力量，他的所有希望，还有那么多人的性命都掌握在布鲁斯的身上了。

　　当上校把布鲁斯送出战壕时，他就像对一个士兵那样对布鲁斯

说："老兄，我不想这么做的，真的不想，而且这次任务你成功的机会很小，但是如果我让一个士兵去的话，他的机会只会更小，我只能让你去冒险了。德国军队正监视着我们这边的一举一动，他们肯定会发现你的，即使你躲过了敌人的大炮和子弹，还有很多狙击手会等着你，我真的对你感到很抱歉……再见了，勇敢的布鲁斯！"

然后，上校迅速地发出了命令："布鲁斯，去总部，赶快跑，布鲁斯！"

布鲁斯听到命令后纵身一跳就出发了。它以最快的速度向山上跑去，它黄褐色和白色相间的毛在风中摆动着。"我们来了"军团里几乎所有的士兵都在战壕里看着布鲁斯飞驰而去，而他们的敌人——德国军团前线的士兵们也看见了布鲁斯朝光秃秃的山坡上跑去。

布鲁斯刚出发一会儿，德国军队那边的炮弹声就响了起来，这时的枪声已经不再像之前那样一阵一阵的，而是那种不停歇的非常猛烈的攻击。一个小时之前，布鲁斯向"我们来了"军团的战壕奔跑的时候，德国兵就朝布鲁斯射击了，那时他们只是觉得好玩而已，德国士兵喜欢朝敌方送信的狗开火，觉得很有趣。但这个时候，他们已经知道了布鲁斯求救的重要任务，他们是绝对不允许布鲁斯叫来援军的，那样将会对他们非常不利。于是他们开足了火力，一心想杀了布鲁斯。"我们来了"军团的上校正喘着粗气，他并不后悔把布鲁斯派出去执行这项危险的任务，因为这次完全是出于战争的需要，他没有其他的选择，布鲁斯是救活整个军团的唯一希望。

上校心里其实非常喜欢布鲁斯，当他看到德国的狙击手正疯狂地射击布鲁斯的时候，他非常气愤，而且十分担心布鲁斯会受伤。子弹就像雨点一样朝飞驰的布鲁斯射过去，有的打在它身后扬起的尘土上，有的打在它的前面，还有的打在了身体两边。马汉军官看着这一切，他流着眼泪，嘴里不停地诅咒那些残忍的德国士兵，

然后不停地自言自语着法国威威尔军官说过的一句话："布鲁斯一定会命大的。"他在心里祈祷布鲁斯一定会没事的，但是他其实也很清楚：布鲁斯很难活命了。这么多的枪炮都一齐向布鲁斯射了过去，布鲁斯想要越过山坡几乎是不可能的，不过想要射中一只快速奔跑的狗也是没有那么容易的，特别是一只牧羊犬，它们的祖先能够跑得像狼一样快。但是一只狗总不能跑得像一匹马那么快，那么笔直地朝前跑，狗在跑的过程中总是会朝两边侧过去。

还好山坡上的耕地里有很多洞，这些洞给布鲁斯做了小小的掩护，布鲁斯一次又一次地跳进洞里躲避炮火，它不止一次地从一个洞口跳进去，然后从另一个洞口爬上地面。还有的时候，布鲁斯会躲在洞旁边。正是由于这样不停地忽上忽下、忽跑忽停，布鲁斯逃开了敌人的炮火，狙击手们的希望破灭了。马汉军官的视线紧紧追随着布鲁斯的一举一动，看见布鲁斯现在已经跑过了山坡的一大半了，这下他可以放心了。马汉军官终于咧开嘴笑了一下，郑重其事地说："下次发军饷的时候，威威尔想喝什么红酒，我都买给他，他的话一点都没错，布鲁斯就是命大，没有子弹可以……"一阵爆炸声打断了马汉对布鲁斯的赞扬，他听见敌人又向布鲁斯投了一颗炮弹。

他接着叫了起来："你们这群猪，你们这群肮脏的没有人性的该死的德国猪，你们只知道用机枪扫射布鲁斯！"原来德国士兵已经由原本的射击变成了机关枪啪啪啪的扫射，他们对着靠山顶的地方猛烈地扫射着。布鲁斯正在那里飞奔，密密的子弹就像一张网一样紧紧地跟在布鲁斯后面，这是多么危急的时刻！

马汉军官叹了口气说："布鲁斯肯定没命了，上帝啊，让我有一天能和那些该死的用机关枪扫射布鲁斯的人面对面吧，我一定要为布鲁斯报仇！如果……"马汉军官又一次被打断了，他正张着嘴紧张地盯着山坡上。因为就在靠近山顶的一条路上，布鲁斯出现了，它马上就要越过山顶跑到另一边了，那样敌人就没法再继续射击它了。没想到这样密集的机关枪扫射也没有能够射中布鲁斯，但是另一个德国敌人做到了。

在山顶的一堆垃圾后面，一只黄灰色的狗跳了出来，布鲁斯还什么都不知道地从这边冲过去时，那只狗一下子撞在了布鲁斯的身上。这只突然出现的狗是一只凶恶得像狼一样的军犬，它是现在德国军队里的一只正在服役（被用来执行任务或者是用来吃的）的军犬，它们经常会从虐待它们的士兵那里逃出来，然后到处去找东西吃，比如一些尸体。而且不论是长相，还是动作，它们都很像凶狠的狼。那只军犬看见有一只牧羊犬跑过来（它们一直将牧羊犬视为自己的敌人），然后计算了一下它们之间的距离，就像出其不意般准确地扑到了布鲁斯身上。那只军犬重重地压在布鲁斯的肩膀上，然后朝着垂涎已久的布鲁斯的喉咙咬过去。可就在这时，布鲁斯很快地逃

第二章

了出来，它像一阵风一样地朝那只军犬扑过去，那时候布鲁斯勇猛得就像一只狼，而不只是牧羊犬了。它疯狂地咬着那只军犬，然后一口一口地将它的皮肉撕开。就在这一瞬间，布鲁斯发光的锋利的牙齿马上就找到了军犬身上的那些弱点。

这是重大的任务，它绝不能浪费时间，哪怕只是一秒的时间。它也知道没法躲开这只军犬，所以它只能尽快把它解决。马汉军官对着他身边的一个士兵说："把你的枪给我，让我赶紧在布鲁斯被射中之前解决那只该死的德国狗，就算我不小心射中了布鲁斯也比它死在……"就在那个时候，德国的机关枪扫射到了山顶上正在打斗的布鲁斯和那只德国军犬，他的一颗子弹打在了它们两个中间的地上，扬起了一堆灰尘和碎石头。等到灰尘散去，地上有一道深深的痕迹，那是刚刚布鲁斯和德国军犬打斗时留下的。

这时候上校低声说："结束了！"然后，他准备去防御德国军队的攻击了，他手下的士兵们还期待着能挡住敌人的下一次进攻呢。

当"我们来了"军团的士兵们还在做着根本没用的作战准备时，联合军队后面那座山的背面响起了炮火声，声音越来越近，密密麻麻的炮火在"我们来了"军团前线的战壕前形成了一条保护带，然后朝着德国军队驻扎的地方逼近，渐渐地将他们包围。在炮火的掩护之下，同盟国的储备军从山顶冲了下来。

在那一天的晚上，"我们来了"军团的上校震惊地向援助他们

的一位将军问道："你们是怎么得到消息的？"那位将军回答说："我们收到了你写的纸条啊，是布鲁斯带给我们的。""布鲁斯，你说布鲁斯？"上校不敢相信地问道。那位将军回答说："当然是啊，难道还有其他送消息的狗吗？但是我怕这是布鲁斯最后一次执行任务了。它当时是摇摇晃晃地跑到总部的，身上都是血，而且粘着土，结成了一块一块的。它身体的左侧有一个伤口，肩膀上中了两枪。而且在子弹还有炮火的不断射击下，它的耳朵也聋了，我们发现它的时候，它正缩成一团躺在总部的阶梯上。但是它最终还是把信送到了总部，光荣地完成了任务。这就是布鲁斯，我们见过的最好的牧羊犬。当时有人提议再给布鲁斯一枪结束它的痛苦——我们之前就这样让其他快要死的狗结束痛苦，但是正在那时，军医过来了，他阻止我们那样做，然后他把布鲁斯带到了他的房间，独自一个人治疗布鲁斯，他当时信誓旦旦地说，布鲁斯一定会挺过来的！"

二　当眼睛失去了作用

法国和美国混合军队"我们来了"军团的马汉军官说："当然，这次的任务很简单，你们只需要记住一些事情，但是这些事你们无论什么时候都一定不能忘记。如果你们忘记了其中一项，我想你们可能就会丢掉自己的性命。"他正很随意地坐在战壕里，和一群刚刚进入他们军团的士兵讲授战争中需要注意的问题，因为之前的那次战斗，他们损失了很多士兵，所以又有很多新的士兵加入了他们军团。

有一个长得瘦瘦高高的来自密苏里州的士兵听马汉军官讲完之后，好奇地问道："队长，什么事是我们无论如何都要记住的呢？我们已经经过了很多训练，也很清楚战壕里的指令，还有……"马汉军官突然打断他说："你知道什么呀？按你这么说，你什么都知道了？那怎么不直接去德国人的老巢柏林呢？如果像你说的，战争中的东西你都知道的话，你就什么都不需要学了，那我是不是应该给福熙将军写一封信，建议他让你这个新兵来教我们这些老战士呢？"听了这些，那个新来的士兵抱歉地说："我不是那个意思，我是在请问，你会教我们哪些我们需要记住的事情。"

看见这个新来的士兵能立刻意识到自己的错误，还带着谦逊的态度，马汉军官的气也消了，他语重心长地说："好的，其实你们要记住的事情并不是很多，当你们听到追击炮和高速炮发射的声音后要躲开；当机关枪扫射的时候，你们就不要躲，因为听见枪声就说明子弹没有射中你。你们要学会掌握机关枪的使用技巧，还要学会作为狙击手的一些技巧，不要干蠢事。你们要不断地对自己说'没有子弹可以射中我'，你只要这么对自己说，就能够做到的。当你们学会了这些，在战争中就可以应对自如了。"

这时，年老的法国威威尔军官低声补充道："除非当你的眼睛失去作用的时候。""是的！"马汉军官赞同地说，"如果眼睛失去作用，刚才所说的一切都不管用了，那时候你能做的一切就是相信自己的运气，我还记得……"新兵们打断马汉军官的话，不停地问道："眼睛失去作用的时候？你是说晚上天黑的时候吗？但是我们不是有探照灯，还有闪光弹吗？"

马汉军官回答说："小子，我们的确有探照灯和闪光弹，虽然我不知道你是怎么知道这么重要的秘密的，但是既然你都知道了，那就请你告诉我，当那些黄灰色的烟雾从地底下还有炮弹坑里冒出来，同时，上面灰色的烟雾也罩下来的时候，探照灯和闪光弹又有什么用呢？烟雾已经成为战争中一个无法克服的问题了。能够驱散烟雾的机器还没有发明，如果有那个机器，这么多年来，在战争中因为烟雾而失去性命的那些士兵可能现在还活着，德国军队最喜欢用烟雾了，因为这样他们就可以在烟雾的掩护下偷袭我们，而且……"威威尔军官插嘴说："烟雾也是我们军队的好帮手啊，我在巡逻中不止一次靠烟雾脱险，但是在上次的战争中它没有帮到我们，那时候……"马汉军官又接着说："烟雾的确帮到过我们，但是归根结底还是布鲁斯救了我们。"

威威尔军官听了马汉将军的话，赞同地点了点头，其他参加过那场战争的士兵们也点头。新兵们好奇地问道："布鲁斯是一位英国的将军吗？"马汉军官回答说："不是，它是一只苏格兰牧羊犬，如果你是一位老战士，你肯定会知道布鲁斯是谁的。"那个新兵还以为军官在和他开玩笑，支支吾吾地说："我还是不懂。"马汉军官说："你很快就会知道的，布鲁斯今天要来我们这里，我听说布鲁斯今天会从总部给我们带什么消息，这是它受伤后第一次执行任务吧！"

这时，威威尔军官接着说道："我给它留了好东西呢！"他从口袋里的一堆乱七八糟的东西中找出了一块不是很白的糖，然后接着说："我妻子最后一次看我的时候给了我三块这样的糖，有一块我放在黑咖啡里了，还有一块给了我的好朋友，也就是马汉军官，最后一块我要留给那天救了我们所有人的布鲁斯。"

那些新兵什么都不知道，只能困惑地问道："到底怎么回事？我们不明白……"马汉军官立刻向他们解释，让他们知道布鲁斯是多么英勇："上次，我们在和德国对峙的拉契战争中被困住了，我们两侧的军队都收到了撤退的命令，但是我们没有，因为电话信号被切断了。没有其他办法，我们只能在那里等着德国兵杀过来，而且当时我们也已经无法撤退了。因为我们军队后面是一座光秃秃的山，而我们在山脚处，如果我们上山，肯定会被他们用枪炮杀个精光。

"那时，布鲁斯刚好送来一个消息给我们，于是上校就让布鲁斯带信回总部申请支援。当布鲁斯冲上山坡的时候，德国的烟雾、狙击手，还有机关枪都朝它发射过去，想要阻止它送消息，路上还突然蹦出来一只德国军犬想要咬死布鲁斯，勇敢的布鲁斯却逃过了这一切。最后，它回到了总部，把求救的消息带到了那里，于是我们得救了。

"但是可怜的布鲁斯中了子弹，而且被弹片伤得很严重，那时大家都以为它就要死了。后来，多亏军医一直用心地治疗它，终于把它的命救了回来，它……"威威尔军官插话道："我听人说过，布鲁斯是所有美国人都很爱的牧羊犬，它的家在一个宁静的村庄，它的主人是为了国家才把它贡献出来的，他们都是爱国的人。的确，布鲁斯也没有辜负他们的期望，现在大家都很欢迎它。"

一个小时之后，布鲁斯到了战壕里，它朝着"我们来了"军团那里走去。大家见到它都像见到自己敬仰的人一样，非常热情地欢迎它。在去给上校送信的路上，所有见到它的士兵都很热情地叫着布鲁斯的名字。那些士兵很多都是它记得的老朋友和老战士，比如马汉军官、威威尔军官，还有一些其他的士兵，布鲁斯已经开始渐渐喜欢上他们了。对布鲁斯来说，他们现在不仅仅是自己的战友，他们已经和那些三千米之外的故乡的家人一样了。

它在那里出生，那里有它的男主人和女主人，他们就是它这一辈子效忠和尊敬的人。布鲁斯作为一只普通的牧羊犬，胃口很好，

它很享受那些士兵给它的各种各样好吃的食物。和那些战争中的军犬一般吃的东西不一样，这些东西要好吃多了，布鲁斯当然喜欢。每次来，士兵们都会留给它一些好吃的来欢迎它。士兵们听了布鲁斯的故事之后，都把它当作自己的英雄偶像，都对它充满了兴趣，他们一直和它说话，但是布鲁斯是过来送重要信息的，它一路朝着"我们来了"军团的上校那里跑去。

拉契战争过去两个月之后，这是它第一次回到这个它拯救的军团。由于军医高超的技术，还有他对布鲁斯无微不至的关心，它的伤口慢慢地愈合了，它的听力也渐渐恢复了。它的肩膀上有一块较硬的伤疤，但是它的腿没有跛，它身体的左侧也有一块长长的伤疤，伤口已经愈合了，毛也渐渐长了出来。不久之后，布鲁斯应该就可以看起来和以前一样了。布鲁斯朝着那群正在谈论它的人走过去，很开心地和它的老朋友们相聚，而那些刚到军队的新兵则很好奇地打量着它。因为最近经常洗澡，布鲁斯胸口雪白的毛和背上那些黑色的毛现在都非常蓬松，它抬着头，眼睛非常明亮地看着前方。

马汉军官看见布鲁斯后，很开心地站起来和它打招呼，威威尔军官伸出手，把那块他留下来的糖给布鲁斯吃，还有一个老兵不知道从哪里弄来了一块很大的还带着肉的骨头递给了布鲁斯。那个来自密苏里州的新兵很感兴趣地说："现在，我倒要看看布鲁斯到底会先朝谁走过去。"

答案很快就揭晓了，而且好像是理所当然的。因为当布鲁斯走到人群中的时候，它一点都没有迟疑地朝前面走去，当它经过人群的时候，它只是抬眼看了看威威尔将军向它伸出的欢迎的手以及他手里的糖，还有那诱人的骨头，然后它继续往前走着。当布鲁斯走出一段距离的时候，它柔软的耳朵微微地动了动，它是在忍着和他们打招呼，还有去吃东西的冲动。

作为一只纯种牧羊犬，它现在是在执行任务，必须有自己的原则，所以它刚才好像任何人都没有看到一样冷漠地走过了人群。当布鲁斯在战壕那头拐了个弯消失了的时候，那个从密苏里州来的新兵暗暗地嘲笑着说道："它怎么都不理你们啊？你们不是说它是你们的伙伴吗？这还真的很好笑！"新兵们都感到很奇怪，因为大家听了那个新兵的话之后，没有一个人对布鲁斯这么冷淡地对他们感到生气。马汉军官还赞许地点了点头，他说："这才是布鲁斯啊，它会回来的，你们不用担心。我们都应该理解它，它现在在执行任务啊，它可比我们都要守规矩。像布鲁斯这种在军队里送信的狗要训练的第一项就是在执行任务的时候不能理任何人。等布鲁斯送完信之后，它会回来找我们的，布鲁斯心里对这一切都很清楚啊！"

威威尔军官这时候接着说："我刚才就不应该给它糖，我想得太不周到了，布鲁斯真的是一个好战士，真不错！它刚才走过去的

时候谁都没看，也没看我给它的那块糖，它一直看着前方。但是我看见它的耳朵动了动，哈哈，还是泄露了它心里的想法。它当然是想吃糖还有骨头的，但是它克制住了自己，它……"突然，布鲁斯从战壕的拐角那里冲了出来，它的脑袋抬得高高的，眼睛里闪着兴奋的光芒，然后一下子冲到了威威尔军官面前。布鲁斯那毛茸茸的尾巴摇得很快，两只耳朵也直挺挺地竖着，现在它所有的心思就是想吃威威尔军官之前手里的那块糖。

布鲁斯从小就非常喜欢吃糖，但是即使它原来在家的时候，也不怎么能吃到好吃的糖，因为布鲁斯的男主人和女主人都知道，吃太多的糖对布鲁斯的牙齿不好，而且不助于消化。以前在家的时候，只会在极少的一些特殊情况下，女主人才会给布鲁斯一块糖。自从到了法国，上了战场之后，它再也没吃过一块糖，所以看到威威尔军官手里的那块糖时，它不知道有多开心。

但是布鲁斯并没有立刻跳过去吃了那块糖，相反它站在那里没动。等到威威尔军官把糖递过去给它，然后对它说"布鲁斯，吃吧，这是我留给你的"的时候，布鲁斯才伸过头去一口咬住那块糖，津津有味地吃了起来。布鲁斯一边吃一边欢快地摇着它的尾巴，时不时还感激地朝着正摸着它的威威尔军官看一眼。马汉军官看布鲁斯吃得很开心，觉得很羡慕，他说："有一个兽医告诉我，一只狗有四十二颗牙齿，而人只有三十二颗牙齿，但是，如果狗吃了糖的话，它的四十二颗牙齿可能都会长虫的,这你还不知道吧,威威尔? 看来,如果布鲁斯吃了这么大的一块糖之后牙齿全坏了的话,我们就要给布鲁斯买一副假牙了! ”虽然马汉军官只是说了一句玩笑话,但是威威尔军官听了马汉军官的话之后还真的有点担心了。

布鲁斯吃完糖之后,又慢悠悠地朝那个给它骨头的老士兵那里走去,其他的士兵也纷纷拿出他们留下的好吃的给布鲁斯。布鲁斯边吃边和周围的士兵们玩起来,就这样一个小时过去了。布鲁斯要在“我们来了”军团待到第二天再走,把这里的侦察报告带到总部去。那天下午四点多的时候,天空还是很蓝,空气异常干净,但是五点的时候,整个天空都变得灰蒙蒙的,像是被一层烟雾遮住了一样。

到了六点的时候,突然起了很浓的大雾,空气非常潮湿,让人感觉都无法呼吸了。雾变得越来越厚,最后连十步之外的东西都看不见了。马汉军官看见这么大的雾,说:“这就是今天早上我和新兵们说过的——眼睛失去作用的时候。战争中一旦起了这样的大雾,眼睛可就一点用都没有了,什么都看不见。有伦敦人和我说过,他们那里的雾都没有我们遇到的这么大。”

那个时候, “我们来了”军团正驻扎在一个接近边缘的地方。这个地方是个军事重地。这里刚刚进行过战争,很多军队之前都驻扎在这里,后来转移到其他地方去了。现在,在这个边缘的角落,

第一章

新来的英法混合的"我们来了"军团的士兵们正在忙着安营扎寨，他们要在这里驻扎几天。就在离他们不远的地方，走过一片无人区，跨过两道铁丝网就可以看见德国军队的一系列战壕。

从表面来看，在那个地方只驻扎着一两个德国军团，他们可能是在上一次战争中人员伤亡很严重，所以剩下的人不是很多了。现在他们大概需要一个月的时间来修整，然后才能去执行更加危险的任务。但是"我们来了"军团的一个小分队的指挥官并不相信，他觉得德国军队是故意表现出一副伤亡很大的样子，他们肯定有什么阴谋。这个指挥官已经参加战争很多年了，丰富的经验告诉他，战场上那些最不可能发生的事才最有可能发生。

现在，他非常想知道驻扎在对面的德国军队的战壕里到底有多少人。刚好，今天晚上起了大雾，可不能错过这么好的自然掩护的机会！于是他命令一小队人先到中间那个没有人的地方探察，抓一两个德国士兵问问那边的情况到底怎么样。有时候，说不定在那个有两道铁丝网的中间区域，就能遇上一个哨兵或是执行其他任务的德国兵。而且今天晚上的这场大雾刚好给他们提供了一个绝妙的机会。最后，一位很年轻的中尉、马汉军官，还有十个士兵——包括那个瘦瘦的密苏里州的新兵一起参加了这个抓德国兵的任务。

到了晚上十一点的时候，他们排成一列纵队，匍匐着朝德国军营那边前进。晚上的雾真的非常大，即使用上无数的探照灯和闪光弹都没什么用，效果就跟点了一根火柴没有什么两样，还是什么都看不到。因为这是一次秘密的夜间侦察活动，他们去的又是很危险的无人地带，所以他们十二个人都小心翼翼，生怕一不小心被敌人发现，那结局就很惨了。

他们根据中尉的命令，悄悄地往前走着，尽量不发出一点声音，每个人都靠得很近，一步一步向前跨着。他们每走一段时间就要停下来调整一下步伐和队伍，其实也就是每个人都紧紧地跟在最左边的中尉后面。他们这样走其实非常耽误时间，而且前进的每一步都很不容易。因为天黑得什么都看不见，他们很容易走错，而且地上又坑坑洼洼的，很不好走，所以他们这么多人想在浓雾中在这样崎岖的道路上顺利前进是很不容易的。

他们走走停停，花费了很多时间，而且慢慢地，他们自己都不知道自己在哪个方位了，那个密苏里州来的新兵这时候越来越紧张。他其实是一个很勇敢的士兵，但是像这样十二个人组成一支队伍，走在一个完全看不见的地方，真的让人很没有安全感。周围什么声音都没有，他们十二个人只能听见自己的脚步声，那个新兵第一次执行这样危险的任务，怎么能不紧张呢？他倒是觉得每次停下来的时候能松一口气，因为那时候还能知道大家都在一起。虽然他的心里觉得很害怕，但还是要继续向前去执行任务。

他们终于经过了第一个铁丝网，接下来他们就要在河岸边摸索

107

第一章

着穿过很宽的无人区。他们经常会停下来，因为什么都看不见，不断有人走着走着就脱离了队伍，他们就得停下来找到那个人。终于，他们走到了第二个铁丝网那里，年轻的中尉戴着一双橡皮手套，这样就不用怕带电的铁丝网了。他找到了一根铁丝，然后拿在手里，像握着一根魔杖一样在面前挥舞着。

过了一会儿，中尉来到了铁丝网面前，他用刚才的那根铁丝在电网上仔细地敲着，等着火花冒出来。德国兵很坏，他们最喜欢给铁丝网通上电，这样的话，只要有小偷或是敌人碰到了这些铁丝网，就必死无疑了。但是中尉没有看见火花，看来今天晚上德国兵没有给铁丝网接上电，这下他们就放心了。于是，中尉和马汉军官开始用老虎钳在铁丝网上剪出一个洞，这样他们就能钻过去了。马汉军官用力地剪断第一根铁丝的时候，他把手轻轻地放在了中尉的胳膊上，然后后面的人一个个地都这么做，他们在互相告诉对方，接下来是很危险的，大家都要小心了。

这时候仍然很安静，什么动静都没有，但大家都很紧张，全神贯注地注意着周围。然后大家都听见了一个声音，马汉军官耳朵很灵，他之前就听到了，那是很多脚步声在朝什么地方跑动的声音。他们都警觉起来，加快了动作。尽管有很多人过来了，他们仍然要尽量不发出任何声音，脚步声是唯一听得见的声音。

马汉军官紧张地压低声音对着中尉的耳朵说："他们好像朝这

边来了。"中尉这时候也十分紧张地听着。马汉军官继续说："他们大概与我们只有五十步的距离，就在这铁丝网不远的地方，说明他们肯定是德国兵了，不然不可能离我们这么近。我们现在要不往回爬，要不就躲起来，不能再往前走了。我估计他们人很多，可能有一个营，他们应该和我们一样，也是出来侦察的，估计会在这附近通过这块铁丝网，如果我们都趴下来不动，他们应该不会发现我们的。"

还没等中尉发布命令，马汉军官就发出信号让后面的人都躺下来趴到地上，于是中尉也不得不趴到了地上。然后，一群德国士兵朝他们走过来了，马汉军官紧张得连气都不敢喘，仔细地听着德国兵的动向，然后预测着他们离自己有多远。他发现德国兵正走在刚才自己和中尉用老虎钳剪铁丝网的下方不远的地方。看来一会儿之后，这些德国兵肯定要从他们潜伏着的地方经过了。他们离得太近了，可能有的德国兵会发现他们，说不定还会踩到他们中的某个人身上。

于是，马汉军官对靠着他左边的那个密苏里州的新兵悄悄地说："你慢慢地往电网那边挪，直到靠到电网上，赶快把这个消息传给后面的人。"那个密苏里州的士兵立刻照做了，他一边慢慢地扭动着瘦长的身体，一边将那个命令传给他左边的人，这时他已经紧张到极点了。像这样在浓雾中爬着，而且两边还有不知道是不是自己人的啪啪的脚步声，这种感觉简直是太糟糕了。可是现在要一动不

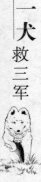

动地躺在那儿等着敌人过去，可能还会被他们发现，这让人觉得更可怕。

他们趴在潮湿的地上，在一边不远的地方有无数的敌人。他们看不见，而且另一边是铁丝网，挡住了退路，想逃跑是不可能了，一切只能看天意，这种情况真的让人无法呼吸。那个密苏里州的新兵在心里祈祷着他们能够安全度过这个危险时刻，但是他好像看到了德国士兵们一会儿之后发现他们，然后残忍地将他们都杀死，并电死在铁丝网上。这一点都不公平，有那么多的德国兵，可是他们一共只有十二个人，而且被困在这里无法动弹，又怎么是德国兵的对手呢？这么一想，那个新兵就更加紧张了。

大家都收到了命令，于是都尽量往铁丝网那边挪动。这个时候，那个新兵也准备行动了，但是已经晚了。因为德国兵的队伍已经朝这边走来了，而且左右两边分别有一个士兵跑在前面探明情况，看看是不是有埋伏或是有敌人。德国队伍左边的那个走在前面的侦察兵因为天黑，还有浓浓的大雾，什么也看不见，于是走错了方向，走到了铁丝网附近的地方，但是他还不知道，还继续往前走着。突然，那个侦察兵的脚踩到了正在黑暗中慢慢摸索着的那个新兵的胳膊，这突然来的重重的一脚，虽然不会让人受很重的伤，但是踩得人非常疼，那个密苏里州的新兵真的疼得受不了了，那根紧绷的神经终于断了开来。他疼得一下子叫了出来，那刺耳的尖叫声打破了死一般的寂静。

　　那个新兵立刻站起来，完全忘记了自己还有他的战友们现在的处境，一心只想着把那个踩了他这么重重一脚的人给杀了。但他还没站起来，就滑倒了，因为脚下都是烂泥。当他再次准备站起来朝那个德国兵冲过去的时候，他又倒了下去。因为那个德国的侦察兵确信自己碰到了一个迷路的美国兵，于是他立刻举起他的步枪，朝着那个倒霉的新兵的脑袋砸过去。但是还没等步枪砸到新兵的头上，更别说等新兵站起来躲开，那个德国兵就害怕地大叫了起来，叫声回荡在夜空中。他丢掉了自己的枪，往后退了一点，然后双手护住了自己的脖子。

　　虽然这时候一片黑暗，他什么都看不见，但是这个德国兵感觉到有什么可怕的东西趴到了他的身上，伤到了他的喉咙，应该是那个美国兵的帮手。德国的侦察兵一声巨响倒在了地上，滚到了那个密苏里州的美国新兵旁边，美国新兵也马上反应过来了，两个人扭打在一起。当美国新兵去抓德国侦察兵的时候，他又叫了一声，这次不是由于愤怒，而是惊吓，他叫着说："鬼啊！怎么没有人告诉我德国人是不穿衣服的，而且他们身上长满了毛！"

　　听到叫声之后，不远处的那些德国兵不再排成一条长队前进，他们迅速分散开来，然后朝着美国新兵尖叫的方向快速地跑了过来。虽然路很崎岖，路上还有很多障碍，但是他们还是迅速地移动着。

他们有的在跑过来的过程中朝尖叫声传来的方向开了几枪，紧接着其他的士兵也开了枪。这时候，在远处的美国军队的战壕里，开始有很多的狙击手准备好朝着敌人的方向射击，虽然雾还是很浓，他们几乎看不清德国兵开枪的地方。德国兵们什么也看不清，一股脑儿地朝左边的铁丝网跑了过去。

这时候，德国的狙击手开枪了。一分钟之前，这里还一点声音都没有，而现在各种嘈杂的声音混合在一起。而这一切都是因为那个美国新兵无法承受那种压力，没有控制住自己的紧张情绪。最可笑的是他第一次叫出声来仅仅是因为黑暗中被德国兵狠狠地踩了一脚而疼痛难忍，这还可以理解；可第二次居然是因为当他去抓那个德国兵时，碰到一个浑身是毛的东西而吓得叫了出来！

那个美国中尉一听见新兵叫就站了起来，然后立刻拿出手枪。他知道他们已经暴露了，他们接下来的结局要不就是死，要不就是成为敌人的俘虏，这时除了抵抗，没有其他办法了，于是他准备向其他人发出向敌人射击的命令。可是就在这个时候，一只手突然伸了过来，在他发出命令之前捂住了他的嘴。马汉军官在军队里待的时间很长了，他慢慢练就了一种能够推测别人心思的本领。

所以，当他们的中尉一站起来，他就知道了这位没有什么战争经验的中尉遇到这种危急的时刻会做什么，而且他清楚地知道这时候中尉不应该那样做，所以他便冒着违反军规的危险捂住了他的上司——中尉的嘴巴，来阻止他发出命令。而就在他那么做的时候，他听见那个密苏里州的新兵在说："怎么没有人告诉我德国人是不穿衣服的，而且他们身上长满了毛！"

马汉军官马上便知道发生什么事了，他弓着腰，伸开两只手挥舞起来。在他挥舞的时候，他的左手的指尖碰到了一个正在移动的毛茸茸的东西。他低声激动地说："是布鲁斯！"然后他一下子抓住了刚刚碰到的那一撮毛说："啊，真的是布鲁斯，哎，老兄，站着别动，现在只有你能救我们了，上帝也不行，只有你能救我们了！"

布鲁斯刚在"我们来了"军团前线的战壕里度过了愉快而悠闲的一天，这是很难得的。在那里，它吃了很多好吃的，而且大家都和它打招呼，和它说话。后来，它累了，就去睡觉了。等到它睡醒的时候，心情还很好，只不过有一点饿了，然后它就起来准备去找它的战友们。它遇到了很多士兵，大家都和它打招呼，热情地欢迎它，然后它看见了它的好朋友马汉军官，还有那些士兵，他们站在围墙上，好像正准备去散步。狗们都喜欢陪在人身边，和他们一起散步，虽然它们自己也不知道到底是出于什么原因。

但是今天晚上雾太大了，对布鲁斯来说好像不适合散步，因为大雾会把布鲁斯那蓬松的毛发弄湿，它会觉得很不舒服。但是即使这样，布鲁斯还是觉得这和朋友一起散步的愉快相比算不了什么，所以什么都不知道的布鲁斯就跟着马汉军官他们出去了。布鲁斯一

第一章

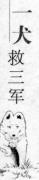

直跟着马汉军官他们走进了无人区，它没有发出任何声音。

布鲁斯这时候觉得有一点点奇怪了，因为它感觉马汉军官他们好像不是在散步，因为他们走得太慢了，即使是散步也不会走这么慢。然后布鲁斯还发现他们一直排成一列往前走，一直保持着这个队形，而且所有人都不说话。虽然它觉得不对劲，但是它想，不管怎么样，跟着马汉军官他们出来走一走，总比无聊地待在战壕中要好一点，所以它也就没有想其他的了，继续悄无声息地跟在马汉军官他们后面。

后来，在马汉军官听见那队德国兵靠近的声音之前，布鲁斯早就听见他们的声音了，也闻到了他们的味道。它当时一闻到那个陌生的味道就知道这不是自己军队的声音，那就是敌人了啊。因为德国士兵和美国士兵不论是吃的食物，还是其他很多方面都有很多的不同。所以无论是对于布鲁斯，还是其他战争用的狗们来说，他们身上的味道是绝对不一样的，有很多关于战争中狗哨兵的记载都证明了这一点。

所以那时候布鲁斯就知道，有其他国家的人在接近它的战友们，这时候布鲁斯立刻变得警觉起来，但是它以为它前面的马汉军官和其他的士兵一定和它一样，都发现了有敌人靠近他们。这下布鲁斯就放下心来了，它也没有采取任何行动，因为它现在并没有执行任务，它也不想继续散步了，它准备回去了。可是布鲁斯发现当德国

兵几乎靠他们很近的时候，它的战友们全都趴到了地上，布鲁斯觉得很好奇，想看看接下来到底要发生什么，像是等着看一出好戏一样。然后，它就看见有一个德国兵踩到了它的一个新战友的胳膊上，那个新战友，也就是那个密苏里州的士兵痛得叫了起来。

德国兵发现有敌人，于是和它的新战友打了起来。布鲁斯是一只非常忠诚的牧羊犬，这时它看见自己的战友受欺负了，哪里还忍得住，它低低地愤怒地叫了一声，然后就朝那个德国兵冲了过去。于是布鲁斯、德国兵，还有那个美国新兵在地上扭打在一起。之后突然传来一阵风的声音，布鲁斯立刻感觉到了它的老朋友马汉军官的手指碰到了它的肩膀，而且它也听见了马汉军官压着嗓子和它说话的声音。因为周围还很安静，所以布鲁斯立刻就听见了。那一瞬间，布鲁斯仿佛变成了一个职业战士，它服从它的上司，并且要很机智地去解决它遇到的问题。

然后马汉军官开始安排，他用命令般的口气对中尉说："中尉，快抓住我的左手，同志们，大家快聚到一起，每个人都抓紧他左边那个人的肩膀！快把话传下去。哎，从密苏里州来的那个士兵，快抓住中尉的肩膀，快！我们在这里，大家动作都快一点，注意别发出声音，接下来无论发生什么，我们绝对不会让任何一个人离开队伍！谁都不要说话，我来带路，跟着我走就行了，你们不用担心，布鲁斯现在就在我前面给我带路。"

当他们每个人都抓住另一个人又组成队伍之后，他们立刻快速地在黑暗中摸索着前进，他们必须赶快离开这个危险的地方，马汉军官紧紧地抓着他前面的布鲁斯的毛。他用很低的只有布鲁斯才可以听见的声音说："布鲁斯，布鲁斯，露营地，带我们回我们的露营地，动作轻一点，快，老兄，带我们回去！"其实马汉军官根本就不需要这样不断地对布鲁斯重复他的命令，布鲁斯可是受过专门训练的军犬，只要听到"露营地"三个字，布鲁斯就知道它应该做什么了。

它立刻转身，开始朝着他们军队的露营地跑了起来。虽然天很黑，雾很浓，但是布鲁斯灵敏的嗅觉，还有它很强的方向感就足够带领它的战友们找到正确的方向了。狗不论做什么事都是主要依靠鼻子来闻，而很少用眼睛去看，所以大雾对布鲁斯来说根本就不算什么阻碍。它听见了马汉军官的命令，于是像战士一样立刻执行了。

然而，布鲁斯的第一步并没有跑出去，因为马汉军官在对布鲁斯下了命令之后，并没有松开那只紧紧地抓着它的毛发的手，然后他换了一下，抓住了布鲁斯的颈圈。于是，布鲁斯回过头来，它有点着急了，现在可不能耽误时间啊，马汉军官怎么不放开自己啊！马汉军官看见布鲁斯回头，还是没有放开自己的手，而且他又重复了一遍："回我们的露营地！"

布鲁斯这才明白过来，马汉军官是想自己给他们带路，把他们带回露营地。但是布鲁斯很不喜欢被这样抓着给别人带路，因为这

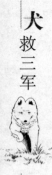

样它行动起来会很不方便，但是现在好像没有其他的办法了。在战争中就是这样，布鲁斯会遇到很多它不喜欢或是它不理解的事，但是它只能服从命令去执行。

于是布鲁斯又转过身朝他们的露营地出发了，马汉军官抓着它的颈圈，他后面还跟着一个又一个的战士，布鲁斯就这样带领着这十二个战友在黑暗中穿行着。他们的四周都是他们的敌人德国兵，而且已经发现了他们的存在，所以德国兵在浓浓的大雾中用机枪四处扫射着，嘴里还喊着他们都听不懂的话，有时候还能看见一点子弹的火光。

还有的时候，两个德国兵遇到了还会互相打起来，因为他们都看不清对方，都以为自己遇上的是他们的敌人呢！就这样，德国士兵们到处分散开了。天太黑，雾太浓，他们什么都看不见，只能这样摸索着找他们的敌人。如果没有布鲁斯，他们肯定很快就能找到敌人了。

在马汉军官他们通过的这块无人区，也就是从美国军队的铁丝网到德国军队的铁丝网的中间区域里，现在有很多德国的小分队，他们一直都潜伏在这里，所以即使他们十二个人现在紧紧地聚在一起排成一队，他们其实还是很难逃脱敌人的攻击。而布鲁斯正在执行任务，它必须听从马汉军官的命令，立刻赶回他们的露营地，虽然它被马汉军官抓着颈圈，行动起来非常不方便。

在布鲁斯看来，与其这样被抓着带着一队人，耽搁这么多时间，还不如它自己跑回去，即使碰到几个正在搜查的德国兵也能很快地躲过去，然后赶回营地，而不会像现在这样耽误这么多时间。它必须克服这些困难，它现在正领着队伍尽量避开德国的军队，绕了很多弯路。

　　有的时候，它会突然停下来，等着就在前面不远处搜查他们的德国兵先走过去。有的时候，布鲁斯又突然向左边转弯，然后加快步伐，马汉军官和后面的士兵们也跟着加快了步伐。原来，有大概三十个德国兵正在搜查这个地方，他们从布鲁斯身边走过去的时候有人碰到了布鲁斯，然后立刻开了一枪，布鲁斯当然要赶快跑了，敌人要发现他们了。这一枪之后，美国和德国两边的战壕里都互相朝对方开枪打了起来。时不时会有子弹从布鲁斯和它后面跟着的十二个战友身边擦过去。还有一次，就在布鲁斯前面的一个德国兵中了一枪，他大叫了一声，然后就倒下来死了。后面的子弹不断地朝他们飞过来，德国兵们现在都疯狂地想杀了布鲁斯，而且他们四周都是各种脚步声，到处都是敌人。

　　最后，当敌人的脚步声终于慢慢地远去，周围的德国兵搜查的喧闹声也消失了，布鲁斯和他的十二个战友在崎岖不平的道路上摸索着向前进的脚步声就听得很清楚了，因为四周都安静了下来。他们走了一会儿，布鲁斯又停了下来，这次它不是像刚才那一小队搜

第一章

查他们的德国兵从前面经过时那样突然停下来，而是慢慢地放缓它的脚步，好像在告诉马汉军官他们，如果再这样拖着这么多人走下去，它是受不了的。

这时马汉军官伸出了他的另一只手，他摸到了前面的美国的铁丝网，铁丝网将他们向前的那条小路挡住了，但是铁丝网上有一个洞。如果是布鲁斯独自前行的话，它可以很轻松地通过那个洞，但是它不确定能不能带着马汉军官他们一起过去，所以它只能停了下来。最后，马汉军官他们一个一个地，直到十二个人都穿过铁丝网，回到了他们的战壕里。大家都舒了一口气，因为大家都安全了，包括布鲁斯在内。年轻的中尉一回来就立刻向他的长官那里走去，向他报告这次侦察的情况，而马汉军官则直接去了他们军队的厨师那里，那厨师睡得正香呢！

过了一会儿，马汉军官回到了布鲁斯那里，它正被很多士兵包围着，大家都在夸赞布鲁斯。马汉军官给布鲁斯带来了一块煎牛肉，这块牛肉是马汉军官用它平时留下来的所有的香烟与那位厨师换来的，他朝布鲁斯叫着说："布鲁斯，这是给你的，这可是我们厨房里最好的肉了，这次多亏了你救了我们所有人。应该要奖励你的，尽情地吃吧！"

但是，这次布鲁斯好像没有被那块肉引诱到，它只是抬起头冷静地看着马汉军官，然后它头上的两只灵敏的耳朵弯了下来，好像在对马汉军官表示不屑，它可不是为了那块肉才去救他们的呢！于是，布鲁斯转过身走开了，它心里很不高兴地想，马汉军官真是太笨了，居然给它下那样的命令，刚才他那么紧地抓着它的颈圈，害它差点就没完成任务呢！

第三章

一　间　谍

　　在不远处有一片废墟，那里曾经是一个小村庄，有非常美丽的风景，而就在那片废墟的最前面，有一座高高的建筑物，那儿以前是一座教堂。可是现在，原来美丽的风景已经变得面目全非了，因为那里现在到处都是坑坑洼洼的弹坑，树木都被炸死了，只剩下了树桩，绿色的小草也全都被战火烧得枯萎了，农田里的庄稼都被烧焦了，一堆一堆地留在光秃秃的田地里。原来美丽的小村庄已经失去了原有的色彩。经过这里的人都忍不住要感叹一句，太可惜了，都是因为战争啊。

　　现在法国北部很多美丽的村庄都遭到了类似的灾难，还有的村庄是临时建起来的，也没有考虑到建筑上的美感，或者是与大自然的协调。在打仗的时候，即使是最好的建筑也会被毁掉，所以后来的建筑都从方便和节约的角度出发。可是，这个叫作梅拉的村庄不仅失去了它以前的美丽，现在它甚至都不能被叫作"村庄"了。因为现在，原来村里那条大路的左边只留下了两排弯弯曲曲的零零碎碎的可怕的废墟，人们只能看到小屋子或是小商店，其他的都是废墟了。

从最前面的那座建筑的形状和破破烂烂的墙壁尚且还能分辨出来那是一座教堂。里面有一个几乎让人完全认不出来的圣母玛利亚抱着她的孩子的雕塑，雕塑已经歪了，而且还碎了一部分，好像随时都会倒下来一样，看起来很危险。所有看到这个被摧毁的小村庄的人都会觉得很可惜很难过吧，不过它现在已经成了一个热闹的地方了，大概有三千多位难民都临时住在这里。那个教堂的废墟成了一个临时医院。在破碎的屋顶下面，有很多难民躲在那里，他们都失去了自己的家，只能先在那里躲一下。

美国和法国联合的"我们来了"军团正驻扎在这个梅拉村庄中，他们是来这里休整的，因为之前在前线已经和敌人激烈地战斗了很多天。既然撤退到这个小村庄来休整，就不会像之前在前线上那么危险了，或者可以说大家暂时都安全了，但是"我们来了"军团来梅拉村庄并不单单是为了休整，而是因为梅拉村庄也是这次战争中的一个重要的据点。他们的敌人——德国兵们总是计划着把联合军队给分散开来，分成两部分，然后一个一个地歼灭，那样的话，对

第三章

他们德国兵来说，赢得战争会更容易一点，之前德国想将联合军队分成两部分的计划都失败了。但是这次，德国兵毁掉了很多铁路线，几乎就要成功了。

这个时候，"我们来了"军团驻扎的梅拉村庄就变得非常重要起来，因为就在梅拉村庄附近有一条重要的铁路，而且这条铁路连接了美国的工程师们正在建造的其他的新铁路，那条新铁路是同盟国每天用来运输枪支弹药和食物的，这是战士们供需流通的一条非常重要的铁路。不过它的位置距离同盟国和敌军对抗的前线很远，虽然仍然面对着一些危险，但从某种程度上来说危险也没有那么大。

这就是"我们来了"军团为什么驻扎在那里的原因，一方面是为了休整军队，另一方面是为了保护重要的地方不被别人攻击。这样的任务相对于在前线和敌人面对面对抗要好得多，几乎没什么太大的危险，所以"我们来了"军团的战士们都非常开心，觉得很轻松，哪怕只有一天待在这里也好，可是麻烦还是来了。一小队士兵坐在村庄的一个小茶馆前面的石头上休息，因为不是在执行任务，所以他们一个个都很放松地一起聊天，英国人管这个叫作"抱怨"，美国人则叫作"发牢骚"。

曾在正规军任职的军士长马汉也在里面，他正在对其他的士兵滔滔不绝地讲着大道理。有的士兵边听边点头，有的听了觉得他说得根本就不对。马汉军官第四次重复说："我告诉你们，有人又背叛了我们，我们当中有间谍，如果我们不找到那个间谍，那么我们同盟国很多士兵，还有很多军用物资供应随时都会被敌军摧毁！"

但是这时候，马汉军官的好朋友威威尔军官用他那不太熟练的英语反驳道："但是，或许你猜错了呢？老兄，或许根本就没有间谍，什么样的人才算间谍呢？这种事发生的机会很小，不过万一……"

马汉军官打断他说："万一，对啊，我说的就是万一啊，那个间谍会把我们这里的情况告诉我们的敌人，不久德国兵就会带着他们的大炮、手榴弹来打我们。虽然只是万一，我也不希望有这种万一啊！我也希望两天前这个地方没有被炸弹炸毁，敌人的军队也没有把我们的铁路线摧毁，我也希望我们对面的那个教堂还是完好的，没有被炸掉，那么我们受伤的战士就可以在里面休息了，可是事实呢？那个教堂不知道被德国的炮弹炸了多少次，或许发生的这一切都曾经是万一，可是你们不得不承认它们都发生了啊，所以并不能因为万一，我们就不在意，这些万一往往就会发生，我……"

威威尔军官半信半疑地点了点头，说："或许你说得对，但是我还是不太相信有间谍，间谍可是很危险的人啊，我可不想我们当中有间谍，如果发现了，他肯定会被杀的！"马汉军官接着说："任何一支军队都有可能出现间谍，这样的例子太多了，所以我们军队也可能会有，但我真的希望没有，如果我们现在在某个峡谷里的一个隐蔽的小村庄的话那还好一点，即使有间谍，他也不能很容易地

125

把我们的消息告诉敌人，那些德国兵想发现我们都很难，这样他们就不能用他们的大炮来轰炸我们了。但是我们现在是在山脉上，很容易被发现，如果有间谍的话，他只要在黑夜里发射一个闪光的信号，德国的飞行员就能发现我们，或许他们只要站在他们前线的某个很高的地方，用望远镜就能看到我们呢！但是那个间谍真的太蠢了，他难道不知道如果他出卖了我们，这里肯定会打仗，那么他也会被杀吗？他到底是为了什么啊？"

马汉军官终于很生气地停了下来。接着其他的士兵开始讨论个不停，他们有的怀疑间谍是这里的村民，有的猜测间谍是他们军队里的某个士兵，但是马汉军官都没听进去。他正抽着烟，看着前面被炸毁的街道，心里非常愤怒，那些德国人真的太可恶了！

一天中午，天气很热，这个村庄几乎没什么声音，到处都能看到士兵在四处晃荡，还有的士兵在向当地的法国人学着说法语。时不时会有军官在"我们来了"军队总部走进走出。其实，所谓的总部也就是一所几乎没有屋顶的破房子。

在总部后面的一块小小的广场上，有一队士兵正在训练。一所被炮弹炸得不成形的小房子后面，有一个瘦瘦的法国妇女在往一根绳子上晒床单，还有一个红十字会的护士提着一篮子针线活从那个破旧的作为临时医院的教堂里走了出来，她穿过小饭馆前面的那条街道，然后坐在了前面的石阶上。马汉军官眯着眼睛紧紧地盯着那一小队正在训练的士兵，又看看那个在仔细晒着破旧床单的妇女，觉得很可笑，然后他又赞许地看着红十字会的护士。和其他所有的士兵一样，马汉军官很尊敬红十字会医院的医生和护士们，因为是他们在战争中一次又一次地救活了无数受伤的战士，他们在战士眼里都是白衣天使。所以当他看见那个小护士的时候，他的眼里充满了赞许的目光。过了一会儿，马汉军官那饱经风霜的脸上出现了欢迎的表情，原来从总部办公室走出了一只巨大的身上有着黑色、褐色和白色的牧羊犬，它走到被太阳晒得暖暖的街道上，原来是布鲁斯啊。

布鲁斯走了出来，在太阳下伸了个长长的懒腰，然后看看自己的四周，好像想找点什么有趣的事情干。马汉军官一看见布鲁斯就打招呼说："你好，老兄！"旁边的威威尔军官也看到了它，他叫了起来："是布鲁斯啊！"当威威尔军官叫布鲁斯的名字的时候，他那沧桑的脸上立刻浮现了笑容，顺着马汉军官指着布鲁斯的手指看了过去。威威尔军官接着说："是我们的勇士啊！我怎么不知道布鲁斯也来了这个小村庄，它肯定是刚来的吧，不然它肯定早就来找我们了，我们可是它的老朋友了啊！对吧，布鲁斯？"他朝布鲁斯喊着，招呼它到他们这里来。马汉军官说："布鲁斯肯定是刚来的！我刚看见它从总部走出来，说明它肯定刚刚给总部送了什么消息吧！它每次执行任务的时候都跑得飞快，只有完成任务后才会放松下来。

第三章

如果它在送过信之后有点空闲时间，它就会懒洋洋地四处晃荡，就像我们刚才看见的那样。要是所有送信的狗都像布鲁斯这样，我想很多送信的士兵都要丢掉工作了吧！"布鲁斯听见威威尔军官的招呼声后就竖起了耳朵，然后非常仔细地看着它前面的那条街道，它看见了坐在街道对面的石头上的马汉军官和他们这一群人，于是它摇着尾巴朝他们跑了过去。

十分钟之前，布鲁斯从这条街道的另一边跑进了梅拉村庄，它的颈圈上带着同盟军的指挥官给"我们来了"军团上校的消息。在总部办公室里，"我们来了"军团上校读了布鲁斯带来的信，然后拍了拍布鲁斯，他想让布鲁斯躺下来休息一会儿，因为布鲁斯刚刚跑了很长的路，一定很累了。但是布鲁斯宁愿出去转一转，去见见它的老朋友们。如果马汉军官有机会看见布鲁斯带给他们上校的那封信的内容，他一定会很开心的。因为那封信提到了在梅拉村庄里或是村庄附近有间谍，这和马汉军官猜测的一样，那封信还下达了一个命令，命令"我们来了"军团的上校不论用什么方法，也要把那个间谍找出来。而且布鲁斯带来的那封信里还提到，就在那天晚上，有三列运输战士的火车会经过梅拉村庄附近，他们是往前线送战士去的，大概在晚上九点到。那三列火车会在梅拉村庄附近的火车轨道和新的火车轨道交叉的地方停留一小段时间。

"我们来了"军团的总部在那个小饭馆的对面，碰巧那边也是背阴的一边，没有太阳，所以聪明的布鲁斯一直待在那边，直到对面它的老朋友马汉军官他们叫它，布鲁斯才小跑着从那个教堂门口穿了过去。当布鲁斯穿过去的时候，那个正在做针线活的红十字会的护士看见布鲁斯后，像其他女人看见布鲁斯那样，和它打了个招呼。布鲁斯正悠闲地走着，听见叫声后就在半路上停了下来，想看看是哪个老朋友或者哪个陌生人这样和它打招呼。布鲁斯转过身来，它那友好的乌黑的眼睛看到了一个穿着白袍的身影，它一开始还觉得很好奇，但是过了一瞬间，它眼里的友好和温和立刻消失了。布鲁斯冷冷地看着那个护士，而且浑身充满了敌意，它的嘴巴微微地张开着，可以看得见里面锋利的白牙。布鲁斯原本快乐地抬着的脑袋也低了下来，同时，它的喉咙里发出了一阵吼叫声。如果一只狗抬着头在叫，那说明它没有什么危险，人们也不用害怕，但是，如果一只狗是低着头在吼叫，那么可就千万要当心了。

马汉军官很了解狗，所以当他看见布鲁斯对那个护士做出那样奇怪的反应后，他觉得很惊奇，他之前从来没有看到布鲁斯对一个陌生人这么敌视过，除非是那个陌生人妨碍到了它。所以他很难相信，脾气一直都那么好的布鲁斯居然会那样对一个人，还是一个女人，而且还是一个红十字会的护士。马汉军官之前经常看见红十字会的护士们遇到布鲁斯时会停下来去抚摩它，而且有趣的是，布鲁斯对所有女人都好像有一种保护的欲望，无论那个女人是法国的农民，

第二章

129

还是流浪者，这让马汉军官觉得很有趣。但是对于男人，除非是那些它认为是自己的朋友的男人，其他男人，布鲁斯一般都会很冷淡地对待，和他们保持距离，不像看见女人那样尊重她们，去保护她们。布鲁斯对女人们的孩子也是一样的，非常友好，这就是像布鲁斯这类牧羊犬与人相处的方式。

但是，所有人都看到了刚才布鲁斯对那个站在石阶上和它打招呼的女护士很有敌意地吼叫起来，而且越来越凶，就像是遇到了什么危险一样，这是很反常的。于是马汉军官立刻叫了起来："布鲁斯，布鲁斯，你在干什么！快过来，快，马上过来！"听见马汉军官这么严厉的命令声，布鲁斯很不情愿地离开了那个护士坐的石阶，然后穿过街道，来到了那个小饭馆门口。

布鲁斯走得很慢，走到半路上，它还停了一下，转过身看了看那个护士，然后张开嘴露出锋利的牙齿又叫了一声。

于是马汉军官又提高他的音调叫着布鲁斯，布鲁斯这才极不情愿地继续朝马汉军官他们那里走过去。那个护士看见布鲁斯这么大的反应，吓得往后躲了起来。等到布鲁斯一离开，她连忙收拾好了她的东西，然后赶紧准备回到教堂里。马汉军官大声叫着那个护士说："护士小姐，很抱歉，以前其他女士对这只牧羊犬说话时，它从来不会这样的，因为布鲁斯和其他的狗不一样。这次它这样对你，我一定会好好教训它的，我向你保证它对你没有任何恶意！"那个

护士站在教堂的门口回答说："好吧，反正我要进去了，就算了吧！"她回答的时候，布鲁斯还一直凶狠地盯着她，所以她非常紧张，声音也非常低，而且还在颤抖。一说完，她就立刻跑进教堂里消失不见了。后来马汉军官和威威尔军官两个人轮着教训布鲁斯，说它不应该那样对那个护士，它太不礼貌了。但是布鲁斯完全没有听进去它的朋友们说的话，因为它之后一直若有所思地盯着那个护士消失的教堂的那扇门。马汉军官对布鲁斯说："你可是一只受过良好训练的纯种牧羊犬，怎么可以那样对一位女士呢？而且她还是一位红十字会的护士啊，她们可都是救我们战士性命的人，你的行为真让我为你感到羞耻！"布鲁斯此刻心里既愤怒又不知道该怎么办，因为它发现了那些愚蠢的人类没有发现的事情，那就是那个红十字会的护士根本就不是女人，是个男人！而且布鲁斯还知道那个假冒的护士根本就不是大家尊敬的红十字会中的一员。

布鲁斯的嗅觉十分灵敏，刚才它闻到那件衣服上的味道并不是军队战士身上的味道，就是那个假冒的护士手里缝的那件。有些长得很瘦小的男人可以假扮成女人，只要穿上女人的衣服就行了，别人不会轻易认出来他是个男人，刚才那个假扮的护士就是这样做的。而对于机灵的狗，比如布鲁斯来说，它们立刻就能辨认出假扮成女人的男人，就像一匹小马，即使它躲在羊群里，布鲁斯也能一下就把它找出来。对于布鲁斯来说，那个假扮的护士只不过是一个和其他男人穿的衣服不一样的男人，虽然他的身体被外面那件长长的衣服裹住，又假扮得像女人那样走到石阶上，还学着女人用尖尖细细的声音和它打招呼，但布鲁斯只要看他一眼，再闻一下味道就立刻知道了他的真面目。首先，大家都知道女人不会像男人那样经常抽很多烟，抽烟抽久了的男人身上就会有一种很难去掉的烟味，那个假扮的护士身上就有那种烟味！一般人可能闻不出来，但是任何一只狗都能在一段距离之外闻到，所以布鲁斯立刻就发现了那个假扮的护士的真面目。而且布鲁斯还从那个假扮护士的男人身上闻到了军队里的战士身上的味道，布鲁斯一直生活在军营里，所以对那个味道很熟悉。看来那个假扮的护士不仅是个男人，还是个士兵。

　　狗在很紧张的时候很不喜欢别人捉弄它，特别是一个陌生人。在布鲁斯看来，那个男人假扮成护士的样子就是在故意侮辱它，它怎么能不生气呢？而且那个士兵还不是他们军队里的，通过他身上的味道，布鲁斯知道那个士兵正是它的好朋友们最讨厌的敌人——德国士兵，而且它还清楚记得，德国士兵们曾在战场上无数次向它开火，一心想杀了它。由于平时吃的食物、衣服、装备，还有其他种种原因，德国士兵身上的味道和美国、法国或是英国士兵身上的味道很不一样，鼻子灵敏的狗们都能闻得出来，这个在战争中的军事记录里都有记载。一旦布鲁斯闻过那个味道，并且那是布鲁斯讨厌的味道，那它可就不会被骗了。正是由于这些原因，布鲁斯才会

朝那个大家都以为是护士的男人凶恶地咆哮，也正是由于布鲁斯发现他是自己的敌人，所以很不放心，一直盯着教堂那里看。现在，布鲁斯的老朋友们并没有像以前那样看见它就一直不停地抚摩它、夸奖它，而是因为刚才的事一直责备它。布鲁斯很不高兴，它本来趴在小饭馆门前的那个石凳旁边，现在它从那里安静地站了起来，然后独自朝街道对面走去。

那个时候，士兵们都在你一句我一句地忙着聊天，谁也没有注意到布鲁斯的离开，但是马汉军官后来无意中看见了布鲁斯，它那时正准备走进那个破烂的教堂。一般情况下，布鲁斯在侦察什么的时候，它会比较放松，然后会轻轻地摇着尾巴，可是现在，布鲁斯的尾巴就和棍子一样，一动不动地竖在那里，而且它正小心翼翼地踮着脚趾往前走，每一步都非常谨慎，它那黄褐色的脖子也探得很低。

马汉军官非常了解狗，那时候他很不喜欢布鲁斯的这种行为。他想起之前那个被布鲁斯吓到的护士不久前才回到教堂里，这时布鲁斯居然追了上去，所以马汉军官看到这个情景后也立刻站起来跟着布鲁斯去了教堂里。这时，布鲁斯已经穿过了教堂那些乱七八糟的门口，然后在这个临时"医院"的门槛那里停了下来，因为它那灵敏的鼻子闻到了很重的碘和碳的味道。它的面前是石头铺的长长的门厅，通过门厅就能看见破破烂烂的教堂的内部，现在有两排很简易的小床。

　　布鲁斯看见那个假扮成红十字会的护士的男人正坐在昏暗的门厅旁边的椅子上。一看见布鲁斯进来了，那个男人立刻紧张地站了起来，而布鲁斯正冷冷地看着他，一步一步地向他走过去。那个男人看见布鲁斯越走越近，他暗暗地伸出自己的一只脚，朝布鲁斯狠狠地踢了过去。布鲁斯那时候根本来不及躲开，它也没想到那个男人会踢它，所以只能重重地挨了那一脚，被他踢在肩膀上。

　　对于布鲁斯来说，那一脚不仅给它带来了身体上的疼痛，而且它觉得自己被冒犯了，就像一个流浪汉莫名其妙地被别人打了一样。布鲁斯非常生气，看来它要给那个男人一点颜色瞧瞧才行。布鲁斯被那个男人踢得很痛，它也很惊讶，但是它一会儿就反应过来到底发生了什么，于是它立刻爬起来朝那个冒犯它的人扑了过去。布鲁斯这次一声都没叫。事实上，它不叫的时候比叫的时候更加危险，那说明它已经愤怒到极点了。

　　那个假扮护士的男人看见布鲁斯冲了过来，它的速度太快，男人根本就来不及躲开，只能往后退了几步，然后慌慌张张地伸出双手护住自己的喉咙。没想到他还真躲过了这一劫，因为他后退的时候不小心踩到了自己白色的护士服，于是失去平衡，倒在了地上。正是这突然的一摔，让他躲开了布鲁斯的攻击。布鲁斯只能恶狠狠地把牙齿咬得咯咯响，因为它扑了个空，落在了刚才那个男人所站

第二章

的地方，而男人正倒在旁边。于是，愤怒的布鲁斯立刻又扑到了他的身上，然后朝着那个男人的喉咙咬去。就在这个关键的时刻，马汉军官冲了出来，他用双手抱住疯狂的布鲁斯，然后用力将它从那个男人身上拖走。

过了一会儿，很多人都跑到了门厅这里，闹哄哄地议论着，有红十字会的护士，有医生，而那些受伤躺在床上的病人都坐了起来，伸长了脖子朝门厅这边看，想知道到底发生了什么事，士兵们也从街道上跑了过来。马汉军官的力气很大，他终于把疯狂的布鲁斯从那个假扮护士的男人身上拖了下来。

布鲁斯因为被它认为是敌人的男人狠狠地踹了一脚，觉得自己受到了极大的侮辱，还没有人这样对待过它呢，所以它那个时候已经完全失去了理智。它就像一只野兽，在被人攻击之后，一心想着要通过报仇来还击对手。布鲁斯一直在马汉军官的怀里使劲地扭动着身体，想要挣脱开束缚自己的双手，它并不是要向马汉军官攻击，而是想朝那个踢它的男人扑过去。那个假扮护士的男人正趴在地上，大家看见这个"护士"被布鲁斯吓成这样，都觉得他很可怜，于是都伸出手想拉他起来，还有很多人很关心地问他有没有受伤。那个假扮护士的男人的脸已经吓得铁青了，嘴唇一直在颤抖。但是作为一个间谍，这个男人做到了这个地步，仍然没有被别人识破身份，已经很不错了。

他立刻就恢复了镇定，结结巴巴地对周围的人说："我不知道到底是怎么回事。"他那低低的声音还有点颤抖，和女孩子说话的声音差不多，刚才发生的事对他的惊吓确实不小。他接着说："我第一次看见这只狗是刚才在教堂门口的石阶上，我在那里缝衣服，它刚好经过，然后它就朝我大叫了起来，我吓得跑进了教堂里。几分钟之后，就在刚刚，当我坐在这里继续缝衣服的时候，它就一下子朝我扑了过来，把我扑倒在地上，我觉得它就是想杀了我。"说到这里，那个假扮护士的男人忍不住颤抖起来，他还说，"如果刚才我被这只可恶的狗咬死了，它就应该被处死为我偿命！"

这时候，那个主治医生激动地说："它不是应该被处死，而是肯定会被处死的，你们哪个人快把这只狗从我们这里带到外面去，然后杀了它。"说完后，那个主治医生就转过去安慰那个假扮护士的男人，对他说："你确定刚才那只疯狗没有伤害到你吗？你是刚来到这里的护士，我可不想因为这次的事情，让其他人觉得我们这里的护士都会受到这样的待遇。赶快去躺下休息，我看你的脸色很不好，估计你被吓坏了。你不用担心，我保证以后那只疯狗绝对不会再伤害你了，因为一会儿之后它就会被处死！"那个假扮护士的男人咕哝着对主治医生说了几句感谢的话，然后慢慢地往教堂里面走去，那里是他们的临时宿舍。

这时候，布鲁斯在马汉军官强烈的责备声中慢慢地平静下来，

第二章

但是它看见那个假扮护士的男人要离开，又重新挣扎了起来，马汉军官还是紧紧地抓住了它，没有让它跟上去。当威威尔军官听到喧闹声赶过来的时候，马汉军官大叫着对他说："真不知道布鲁斯今天是发了什么疯，刚才如果不是我抓住它，它就要咬死那个可怜的护士了！"

那个主治医生对马汉军官命令道："快把它从我们这里带走！你们也都出去，快，全都出去，这里不是看热闹的地方，别妨碍我们看病！我们的病人可受不了这么大的刺激，快把这只疯狗带出去，然后一枪杀了它！"威威尔军官看见医生这么生气地对他们说话，一下子惊呆了。马汉军官对那个主治医生说："先生，对不起，它不是一只疯狗，它是一个牧羊犬通讯员，正在为美国政府的军队服务，它现在可是法国最好的狗狗通讯员，它是……"

还没等马汉军官说完，那个主治医生生气地反驳说："我可不管它是什么狗，它……"马汉军官立刻接着说："它是布鲁斯，是在拉契战役中救了整个'我们来了'军团的那只狗，也是在上次我们执行任务的那个起着大雾的晚上，带我们脱离危险，将我们所有的战士带回营地的那只狗。如果你让'我们来了'军团里的任何一个士兵去杀布鲁斯，那你可是要背上叛国罪的，但是如果你真的希望这样做的话，我会把你的这个命令传达给我们上校的，如果我们的上校同意了，那……"还没等马汉军官说完，那个主治医生为了挽回自己的脸面，也为了摆脱那个尴尬的局面，他高傲地走回了教堂里，没有理正在和他说话的马汉军官。马汉军官于是咧开嘴笑着叫住了他，说："先生，或者你可以写封信给我们的总司令，告诉他你想杀了布鲁斯。而且布鲁斯在没有任务的时候经常睡在总司令的房间里，如果你去找总司令的话，他或许会同意的，他……"

那个主治医生立刻加快了自己的步伐，往别处走去，直到马汉军官的声音听不见了。因为在"我们来了"军团服务期间，他经常听到有战士夸奖布鲁斯，但是他从来没有见过这只被大家颂扬的狗。他在心里想，如果自己刚才一时冲动，拿起自己的手枪杀了被大家喜爱的在军队里非常有用的，而且几乎是无价的布鲁斯，那结果会是怎样？他最终还是没有胆量那么做。马汉军官其实很不喜欢那个高傲的主治医生，这时候他看见自己把那个医生气得无话可说，只能落荒而逃，他很开心，还有种胜利的感觉。威威尔军官则在一边到处忙着问周围的人，到底刚才发生了什么，想知道自己到底错过了什么好戏。

布鲁斯这时候已经恢复了平静，和往常一样正安静地站在马汉军官的脚边。它想，既然那个假扮成护士的男人已经走了，也就没有必要继续纠缠下去浪费自己的力气了。但是，经过这件事之后，布鲁斯的心里已经埋下了对那个踢它的德国士兵的深深的厌恶，它永远不会忘记他，而且，下次可不会这么轻易地就让他

第三章

逃脱了！

　　威威尔军官好奇地问周围看热闹的士兵说："太奇怪了，一向都很温和的布鲁斯怎么会去攻击一个善良的护士呢？这可不是绅士的行为啊？布鲁斯，它从来不会攻击女人的，更不会对一个红十字会的护士那样，它……"刚刚抓住布鲁斯的时候，马汉军官似乎已经用尽了力气，这时候他正无精打采地对威威尔军官的话表示赞同地点点头说："布鲁斯当然不会那么做，但是可能它也会有反常的时候，我的确看见它把那个护士扑倒在地，然后……"有一个后来才来的士兵问道："布鲁斯咬的是哪个护士啊？"

　　汉军官回答说："好像是一个新来的护士，我不知道她的名字。她是上个星期刚来的，她来的时候我还看见了。那天我在总部的办公室值班，她刚好来报到，当时她还带着一封军医的介绍信。但是布鲁斯为什么今天会这样对她呢？我从来没看见它对别的女人那样凶啊？那个护士差点被布鲁斯吓死了。还好她听见了那个主治医生说要杀了布鲁斯，现在她大概以为布鲁斯已经死了吧，所以她应该没有那么害怕了。我们现在要看着布鲁斯，保证它在明天离开这里去总部之前不会再靠近她。"

　　后来，马汉军官就叫布鲁斯一直跟着他，给了它一些吃的，然后拍拍它，和它说话，总之不让布鲁斯离开他的身边，就这样一直到了天黑的时候。那个时候，布鲁斯对周围的一切都厌倦了起来。

马汉军官和威威尔军官去执勤了，其他的士兵也是一样。布鲁斯觉得又无聊又孤单，它已经吃得很饱，于是决定出去散散步，又可以赶走孤单，还有助于消化，于是它就走了出去。

在村庄那条完全没有人的街道上，布鲁斯朝着空旷的野外走着。它有的时候会遇上一两个哨兵，他们会打着响指和它打招呼，那些路过的村民都被它庞大的身躯和高贵的气质折服，肃然起敬。在这个村庄的后面是一块绵延的高地，高地后面是一块平原。在高地的一边有一队士兵正在训练，布鲁斯看见马汉军官也在里面，但是它知道它的朋友正在操练，所以没有跑到他那里去。

这时的天空万里无云，在不远处的东边天空上，有一些小小的点，那是敌人的飞机正在远处的山坡上盘旋，那里应该就是离他们最近的德国军队驻扎的地方吧！远处的平原上到处都是战火的痕迹，被轰炸之前就十分贫瘠，几乎找不到一棵树，所以一开始村庄才会坐落在那边的山脊上。布鲁斯正在无聊地晃荡着，突然它看见在村庄所在的那个山脊上，有个身穿白裙的人在那边的石头后面走动。

于是布鲁斯好奇地朝那边走了过去，但那块大大的岩石挡住了它的视线，挡住了村里人们的视线，也挡住了正在训练的那队士兵的视线。就在布鲁斯朝那边走的时候，从东边吹来了一阵风，布鲁斯闻到风中有一股味道，然后它脖子上的毛立刻就竖了起来，那双原本温和的乌黑的眼睛也立刻警惕起来。对于狗来说，如果闻到了自己闻过的味道，它们立刻能够回忆起来，就像人们看见自己见过的人也会记起来一样。布鲁斯立刻朝着那一堆可疑的石头飞奔过去。

那个差点被布鲁斯咬死的假扮成护士的德国士兵，也就是那个间谍，因为受到了惊吓，所以被批准休息一段时间，到了晚上再去医院上班。好不容易有时间可以休息一下，于是，他决定在日落的时候出来散步，并且还随身带着他那装着针线活的篮子。在这个月之前，这个"护士"的名字叫海因里希·斯托，他是德国外交部的一个秘密组织中很重要的一员。一天，他接到了一个任务，于是他就从原来工作的地方消失了。

不久之后，一个叫作菲利希亚·斯图亚特的红十字会的护士就开始报到，参加工作了，之后他辗转到了意大利，带着一些秘密的文件。这个护士其实就是海因里希·斯托，他是一名德国的间谍。他假扮成红十字会的护士，通过不断地侦察，知道了那天晚上九点，有三列同盟国的军用火车会到达梅拉村庄附近的中转站，这对他的军队来说可是个重要的消息。他现在正坐在最东边的一块背风的石头下面，别人应该看不见他，然后他慢慢地打开了他随身带的那个篮子，拿出了很多破旧的衣服。这些衣服大部分都是白色的，但是有一两件颜色很花哨。为了防止有人看见他，斯托假装拿出针，然后穿上线。

他想，如果有人碰巧看见了他，他就假装拿出一件破衣服，然后铺在腿上开始缝，这样就不会有人怀疑他有问题了，他可是个很谨慎的人。于是他像一个女人那样拿着针，然后穿上线，很熟练地做完这一切后，他好像听见了有什么跑得很快的脚步声，于是他抬起头来看了看。让他吃惊的是，就在面前离他不远的地方，站着那只巨大的身上黄褐色和白色相间的牧羊犬，也就是他以为已经被杀了的布鲁斯。

布鲁斯正凶狠地看着他，他被吓得立刻跳了起来，不仅是因为他生来就怕狗，还因为他一直以为布鲁斯已经被枪毙了，难道这是它的灵魂吗？他分明听见那个主治医生下命令说要杀了布鲁斯啊！斯托知道那个主治医生是一位军医，所以他说的话一般不会不算数的，而且作为一个德国人，他是不会想到士兵们还会违抗长官的命令，因为他们德国的士兵是绝对不会这样做的。所以他看到以为已经死了的布鲁斯时，才会这么害怕。

正当间谍斯托站起来准备逃走的时候，布鲁斯已经跑到了他面前。斯托慌忙地在他穿着的长袍里找他随身携带的一支手枪，可是他毕竟不是真的护士，对他自己穿的那身衣服也不是很熟悉，一时之间他找不到那支手枪了。布鲁斯在他摸到那支手枪之前就向他的脖子咬了过去。在这危急的时刻，斯托没有再继续找那支手枪，他像上一次那样伸出了双手，想要抓住布鲁斯的头，挡住自己的脖子。

143

他反应得还算及时，布鲁斯的牙只是深深地咬上了他那伸出去的胳膊，而布鲁斯整个巨大而强壮的身体完完全全地撞在了他胸口。

在强烈的冲击之下，那个间谍倒了下来。他躺在地上，两腿直直地伸着，两只流着血的手挣扎着想把向他进攻的布鲁斯推开。布鲁斯面对着这个自己极其讨厌的敌人，可不会咬了一口就罢休，于是又接连在斯托身上咬了几口。斯托护着自己的脖子，布鲁斯就朝脖子咬去。和大多数德国人一样，斯托特别怕痛，而且他生来就怕狗，事实上他还没有从白天布鲁斯对他的那次攻击中恢复过来，再加上现在他以为已经死了的布鲁斯突然出现，还有它对自己的攻击，都让原来伪装得很好的他完全失去了控制。

马汉军官当兵很久了，他绝对算得上一个好士兵，但是一分钟之前他的行为几乎毁了他的这个好名誉。当时他们正在那块很大的岩石旁边训练，他看见了白天那个被布鲁斯吓到的护士去了岩石的另一边，后来他又清楚地看见布鲁斯也朝那边走了过去，所以他几乎可以猜到那里将要发生什么。于是马汉军官几乎立刻就想停止训练，到岩石那边去看看到底发生了什么。

但是作为军人，就要遵守军队的纪律。在马汉军官就快要忍不住跑过去的时候，他幸运地听到了"解散"命令，要不然他肯定会因为违反军规而被惩罚的，那对马汉军官来说可是一件很丢人的事呢！在听见"解散"口令后的下一秒，马汉军官就朝岩石的后面冲了过去。其他的士兵看见马汉军官这样奇怪的举动，都很好奇，于是也跟在他后面想去看看石头后面到底有什么。

而刚才训练大家的队长看见刚刚解散的士兵们都成群地朝着那块石头后面冲过去，也好奇了起来，于是他也慢悠悠地朝着那里走去。当马汉军官走到石头边上的时候，他听见了一声尖叫，那是人在非常害怕的时候才会发出的声音。后面跟来的士兵们也听见了尖叫声，所以大家都加快速度朝那边跑过去，接着叫声不断地从石头后面传过来。终于，马汉军官跑到了那个位于山脊上的石头那里，他看见了布鲁斯和那个间谍正疯狂地在地上扭打在一起，于是他立刻冲上去想要拉开他们，而就在那个时候，布鲁斯果断地朝间谍斯托的脖子咬了过去。

远处东边的一个小山顶上，一位德国信号队的长官放下了他手里的望远镜，然后对他身边的一个士兵说："看来我们损失了一个很优秀的间谍！"而这句话则是作为德国战士海因里希·斯托死后获得的唯一一句悼词。而此刻，马汉军官正试图让布鲁斯松开它的牙，并用尽全力将布鲁斯从间谍斯托身上拉开来。斯托正在万分恐惧地尖叫着，此时此刻，马汉军官发现布鲁斯的牙离斯托脖子上的静脉只有一点点距离了。其他的士兵也跑了过来，大家都挤到那里，都想把布鲁斯从间谍斯托身上拉开。当他们看见一直被自己当作英雄崇敬的布鲁斯居然这么凶狠地咬着一位红十字会的护士，他们一

第三章

个个都惊呆了。

斯托已经失去了理智，他又痛又害怕，出自本能地用德语叫着："你们快把它带走，它要杀了我，这只该死的狗，它简直就是魔鬼！"在场的每个士兵都听见了，听见那几乎要疯了的斯托居然用德语说话，而且那个时候，他的声音已经不是之前那种像女人一样的低低的声音了，而是沙哑的男人的声音，还带着德国的口音，这下他终于完全暴露了自己。

第二天早上，马汉军官对布鲁斯说："布鲁斯，我以前一直说一个男人如果踢了狗，那么他连狗都不如，但是你知道吗？我昨天差一点点就踢了你，就在看见你扑在那个间谍身上的时候，我那时候还不知道他是间谍。布鲁斯，如果我那时候没控制住踢了你，那我希望上帝会替你也踢我一脚，不然我自己也会踢我自己的，真庆幸我们没有那么做。布鲁斯，你是多么棒的一只狗啊！"

二　狼　人

当布鲁斯离开它宁静的家乡，去往就像地狱一样的西部战场的时候，布鲁斯的男主人和女主人对那个带走布鲁斯的队长请求过：如果布鲁斯受伤或者是残废了，请把它送回它的家乡，而它的主人会付它回来的路费。正是由于这个请求，布鲁斯的女主人，在她心爱的宠物离开的时候内心还留下了一点安慰，她想有一天布鲁斯在战场上受重伤了，甚至残疾了，它还会被送到自己身边，自己还能照顾它。大家都知道，一般战场上的通讯狗都不会活得很长，而布鲁斯也不会例外，即使它躲过了德国士兵的子弹和大炮，但是它还要面对战场上数不清的疾病、灾难，以及难以下咽的食物，这一切都有可能夺取它的生命。红十字会筹集了很多钱去援助战场上的无数战士，拯救他们的生命。出于对士兵的人性关怀，大多数捐助者都是倾尽所有。而蓝十字会，也就是拯救战场上为同盟国服务的狗和马的一个机构，被要求必须倾尽全力筹集物资去拯救每一只狗和每一匹马。因为打仗的时候，很多受伤或走失的战士都是被狗们找到的，他们因此才能得救，获得安全，所以当狗们遭受苦难的时候，它们更应该得到特别的照顾。现在法国和美国混合军队，也就是"我们来了"军团里有很多布鲁斯的老朋友，勇敢而机智的布鲁斯不止一次地为这个军团做出了巨大的贡献。所以每次它带着任务来"我们来了"军团的时候，大家都会非常热情地欢迎它。布鲁斯很喜欢这种待遇，它也很享受每次来的时候，大家给它吃各种美味的食物。但是不论对这个军团里的哪个人，它都不会像对它家乡的男主人和女主人那样忠诚和崇拜，他们两个人永远都是布鲁斯心中的上帝，它现在越来越想念它的主人们，还有在家乡的宁静生活，但是它现

在作为一个战场上的战士，不能总是那样儿女情长。

"我们来了"军团驻扎在一个安静的——或者说不是很喧闹的地方已经有几个月了，那地方离堤埃里堡不远。可是最近，这种相对平静的生活还是被打破了，还变得十分混乱。一个瘦瘦高高的德国年轻人（战争爆发之前，整个欧洲的人们都叫他"白兔子"，而现在人们都叫他"皇太子"），也就是德国军队的领导者，带领着五十万士兵冲进了一个陷阱里面，那是一块凸出来的高地，而在周围三个比较低的方向，同盟国的士兵们正奋力地朝着被他们包围起来的敌人攻击着。如果想一举歼灭这五十万德国兵，现在可是个好机会，他们一定要让那个脸长得和兔子一样的"皇太子"在逃出这个陷阱之前投降，而且一定要阻止他们和后面高地上潜伏着的他们的援兵会合。可是事情并没有那么简单，这五十万德国兵一直顽强地抵抗着，好像一点投降的打算都没有，三个方面包围起来的同盟军渐渐地开始吃不消了，这样耗下去可不是个办法。这段时间不论是同盟军，还是那被包围起来的五十万士兵，每个人的神经都是绷得紧紧的，即使是一直打胜仗的法国和美国的"我们来了"军团也是一样，大家都失去了往日的冷静，变得阴沉和烦躁起来，大家都为怎样才能赶快让这群德国军投降很着急。

七月份的一个傍晚，布鲁斯慢跑着来到一个破旧的农庄里，那是"我们来了"军团那天晚上的临时驻扎点。它看见了它的老朋友们，可是大家没有像往常一样闹哄哄地去欢迎布鲁斯。布鲁斯凭着自己的直觉来到了军团的临时总部那里，它经过了其中一个哨兵，然后跑进了一个露天的牛棚，而"我们来了"军团的上校正忙着写他们军队那天行军的具体报告。布鲁斯走到了上校的身边，然后停了下来，它摇着毛茸茸的尾巴等着上校把它从司令部带来的信拿下来。以前每次布鲁斯给上校送信的时候，上校都会把这当成一件大事，他会立刻和布鲁斯打招呼，然后赶紧把信取下来看看写了什么。但是今天，上校只是抬起眼，目光扫了一下站在他身边的布鲁斯，然后才取下了信，读了起来。读那封信的时候，上校的眉头一直皱着，看完之后又继续写他的报告。

布鲁斯还是站在那里，摇着尾巴期待地看着上校，它以为上校会像往常一样摸摸它，然后夸奖它几句，可是上校好像忘了布鲁斯就站在他身边一样，没有理会布鲁斯。就这样过了一会儿，布鲁斯等得有点厌倦了，其实它也并不是那么想让上校摸摸它啊！于是布鲁斯转过身来，走出了牛棚。因为信已经送给了上校，所以它的任务已经完成了，从现在开始直到上校让它把回信送回司令部的这段时间，它都是自由的，可以去放松放松，做自己想做的事情。外面传来了闲逛的士兵们疲惫的交谈声，军队里的移动厨房也已经搭了起来，从那里传来了各种食物混合的香味。

长途奔跑的布鲁斯刚好饿了，于是立刻就被厨房里的香味吸引

149

住了，它向那边跑了过去。马汉军官一直看着移动厨房那边的厨师在忙碌地做饭，他也饿了，正咽着口水等吃饭呢！而马汉军官的好朋友威威尔军官也和他一样，看着厨师们忙碌着，期待着他们的晚餐。威威尔军官现在已经变得很消瘦了，每天吃得都不好，战争真的太折磨人了。他每天晚上都在祈祷上帝让他们赶快打败敌人，早点结束这样的生活。马汉军官和威威尔军官算是"我们来了"军团里和布鲁斯最亲近的两个人了。他们都非常喜欢布鲁斯，每次看见布鲁斯，他们俩都会热情地叫布鲁斯，和它打招呼。但是今天看见布鲁斯来的时候，他们只是随意地和布鲁斯打了个招呼，马汉军官只是匆匆地摸了一下它的头，然后就又去看厨师把晚餐准备得怎样了。

　　一个小时之前，马汉军官和威威尔军官都很气愤，因为"我们来了"军团接到命令说要让他们撤退，今天晚上就驻扎在这个农庄里，这太让他们失望了，其他的士兵听到这个消息后也很失望。他们军团现在的情况就像是一个赌博的人一直在连续赢钱，或者是一个运动员觉得自己就要赢得冠军了，或者是一个商人马上就要谈成一大笔生意，赚很多钱。"我们来了"军团现在马上就要获得胜利了，可就在最关键的时刻，他们居然接到命令说让他们停止行军。军营里的战士们已经和敌人们周旋了好几个月，打了无数场仗，那种状态是很折磨人的，他们最大的愿望就是尽快地打败敌人，结束

150

战争。

最后到了现在，他们一直在追着敌人打，马上就要胜利了，所以每个士兵的急切心情在收到这样的命令之后都是难以释怀的，就像一盆冷水浇在了他们的头上，居然在快要胜利的时候让他们停止行军。马汉军官和威威尔军官都是在战场上很多年的老兵了，什么事都经历过，所以听到这样让人气愤的消息后，他们也比较镇定，控制着自己，没有像其他的战士那样不停地抱怨。但是马汉军官和威威尔军官心情也很不好，所以就没有顾得上像往常那样热情地欢迎他们两个一直都很喜欢的老朋友布鲁斯。

经验丰富的马汉军官和威威尔军官都知道，只要饱饱地吃一顿之后，他们的心情就能平复下来，然后又变得精神抖擞了，不过重点是他们现在真的很饿，所以他们的心思全都放在了晚餐上。布鲁斯的心态非常好——它也没有那么介意它的战友们，虽然大家没有像往常那样热情地欢迎它，它也没觉得有什么非常不开心的。它闻了闻一个锅里正在煮的食物，不过食物并没有吸引它，于是它不屑地离开了，走到另一边的草堆上，然后躺了下来，准备舒服地睡个觉，等晚餐好了再起来。布鲁斯睡觉的时候，有很多士兵从它身边经过，他们中有的会对着布鲁斯打个响指，有的会停下来摸摸它的头，每个士兵的脸上都是躁动不安和热切期待的表情。他们现在可不是像平常一样在和布鲁斯玩闹，每个人的血液都在沸腾，就等着最后的

第二章

时刻。那些新来的士兵更是不安，就连一向非常镇定的"我们来了"军团的上校也是一样。

其实，那天看到自己的战士们将敌人打得落花流水，上校不知道有多开心，他这个人虽然表面上看起来很严肃，但是心情和大家是一样的。但是他是上校，他一个人的命令关系到整个军队那么多人的性命。所以，他还是下了今天晚上驻扎在这个农庄的命令。"我们来了"军团的行军速度已经超过了它左右两边的两支军队的速度，也就是说，"我们来了"军团现在正处在美法联军的最前线的位置，他们好像前进得太快了，所以司令官才会写那封信让布鲁斯送来，在信里面反映他们前进得太快了。这样是不是太鲁莽了？上校也觉得的确要思考一下这个问题。

在远处的德国飞行员们正驾着飞机在上空一直盘旋着，他们一边躲避着同盟国飞机的袭击，一面观察着打头阵的"我们来了"军团，发现他们好像并没有继续往前行军了。但是"我们来了"军团还是走得很快，现在他们和其他分部军团还有着很大的距离。他们现在的位置对于敌人来说是个非常好的机会，因为"我们来了"军团现在孤零零地走在最前面，离其他军队也很远。如果德国军队晚上去偷袭他们的话，他们也没法得到援助。果然，一份关于"我们来了"行军情况的报告送到了一名德国高级将领的手里，他最近一直因为节节败退而苦恼，他的心里一直期待着有一个机会来洗刷这些天"我们来了"军团带给他们的耻辱。

在厨房里，有两个美国士兵在高声谈论着："如果不是上头下命令说今天停止行军，要驻扎在这里的话，我们现在估计正在痛打那些德国兵了。"

另一个说："我们现在已经在菲尔塔登瓦了，真搞不懂为什么要让我们停下来，为什么呢？"

马汉军官听见他们的对话后，站在那个抱怨的士兵身边说："你这话要是被上头听到，说不定就要把你关起来了，那样你就不能和我们一起攻到德国的老巢柏林去了。我希望你要学会去服从上级的命令，别有那么多抱怨，别以为就你自己是聪明人，管好你的嘴巴！"

虽然马汉军官用非常严厉的口气批评了那个战士，但是他的心里其实和那个战士想的一样。不过，作为一个军官，他不能和大家一样只知道抱怨，他必须稳定大家的情绪才行。其实，另一个士兵知道马汉军官心里的想法，因为一开始接到命令的时候，马汉军官和其他每一个战士都一样愤怒，他自己也应该不知道抱怨过多少次了吧！

布鲁斯还是老样子，它每次来"我们来了"军团执行任务后，都会和它的老朋友马汉军官与威威尔军官待很长时间。但是布鲁斯发现今天他们两个好像心情都不是很好，而布鲁斯认识的其他士兵也是一样，不像以前对它那么友好了。

吃完晚饭之后，布鲁斯就乖乖地回到刚才睡觉的草堆那里准备接着睡。一般人吃饱饭后都会变得懒洋洋的，或是想睡觉，其实不会说话的动物们也是一样，它们也知道吃完后去休息一会儿。当布鲁斯再一次醒过来的时候，天已经完全黑了，接着它听见了军队里熄灯的命令声，疲惫的战士们于是都高兴地躺在自己的毯子上面睡觉了。

一列哨兵出发去和第一队执勤的哨兵换岗。马汉军官也是这拨要去执勤的士兵中的一员。布鲁斯看见了马汉军官，而且它睡了这么久也该活动活动了。于是布鲁斯就站了起来，跟在马汉军官后面走了出去，马汉军官想着心事，漫无目的地往前走着。当布鲁斯走到他身边的时候，布鲁斯终于违反了它平常的纪律，将它的鼻子塞进了马汉军官半握的手掌中，它这是在和马汉军官友好地打招呼呢。马汉军官看见布鲁斯，也轻轻地在它的头上拍了拍。

天很黑，月亮还没有升起来，所以马汉军官和布鲁斯两边的士兵们都没有看见他们两个这样打招呼，还走在一起散步。其实军队里有明确的纪律规定，战士们执勤时，是不可以这样和布鲁斯在一起散步的，但是现在对马汉军官和布鲁斯来说，纪律已经不重要了，反正也没有人看见他们。

哨岗的哨兵一个接一个被换下来休息，由另一批哨兵来接替岗位。在"我们来了"军团最前线的地方，那里离德国的军队已经很近了，在那里执勤的哨兵就是那个瘦长的密苏里州的战士。布鲁斯很喜欢他，因为他总是能在裤子口袋里面找到一些自己喜欢的食物，那是他特意留给布鲁斯的。只要布鲁斯来的话，他就会非常慷慨地给布鲁斯吃。而且布鲁斯还很喜欢那个士兵懒洋洋的声音，他经常把布鲁斯当作人一样地和它聊天。马汉军官今天好像真的没有什么心情和它玩，于是布鲁斯就决定在那个密苏里州的战士那里待一会儿，陪他值会儿班。所以，当来换岗的士兵们离开之后，布鲁斯留了下来。

密苏里州的战士看见布鲁斯非常高兴，本来一个人在这荒凉的地方巡逻就很无聊，而且现在还是晚上，他独自一人还有点害怕。白天他们已经和敌人打了一天了，他也非常疲惫，甚至有点犯困，所以他非常欢迎布鲁斯能够来陪他。后来当那个士兵独自在一块荒凉地巡逻时，布鲁斯一直很警戒地跟在他的身边。但是当他们走到头的时候，布鲁斯就觉得没什么意思了，它打了个哈欠，然后躺了下来。它觉得在那里躺一会儿，看着密苏里州的战士巡逻会更舒服。

布鲁斯找了个草堆，伸了伸懒腰，然后就睁着它那乌黑的眼睛看着它的朋友巡逻。每次它的朋友走了一个来回后靠近它的身后时，布鲁斯就会摇着它那毛茸茸的尾巴表示它还醒着。就这样，一个小时过去了，一轮圆月慢慢地爬上了东边雾蒙蒙的天际。有些不寻常的事情发生了。如果当时风是从另一个方向吹过来的话，布鲁斯肯定会立刻发现并采取措施的，而且布鲁斯的鼻子是很灵敏的，但是

它的视力在黑夜里并不好。

那个密苏里州的战士停下来摸了摸布鲁斯，接着去巡逻了。布鲁斯看着他越走越远，然后就看不见了。它自己也困了起来。而在另一边，那个密苏里州的战士经过了一片低低的灌木丛，那片灌木丛长在一块凹下去的丘陵的边缘。那个战士继续往前走着，然后时不时地转过身看看快要睡着的布鲁斯。就在那个时候，布鲁斯看见月光投下来一片阴影。

那块阴影很大，好像是什么东西蹲着的样子，然后那个阴影从灌木丛里移到了外面。四周静悄悄的，没有一点声音，那个影子慢慢靠近密苏里州的战士，跟在了他的身后。布鲁斯看到后，立刻竖起耳朵站了起来，它察觉到好像有什么不对劲。可是，因为那个影子在下风方向，它闻不到气味。因为距离远，它看不清那个影子到底是什么，布鲁斯只能专心地听着周围的声音。但是布鲁斯还是没有太担心，因为如果有什么危险的话，那个战士应该会知道的。

据布鲁斯判断，那个影子好像只有三只腿，而且已经离那个密苏里州的战士很近了，这个距离，密苏里州的战士应该能听见或者闻到他身后的影子的味道。布鲁斯也就没太放在心上，它懒洋洋地站了起来，准备跑过去看看那个影子到底是什么，但是，就在布鲁斯迈出第一步的时候，它好像看见了什么。于是它立刻朝密苏里州的战士那边冲了过去。

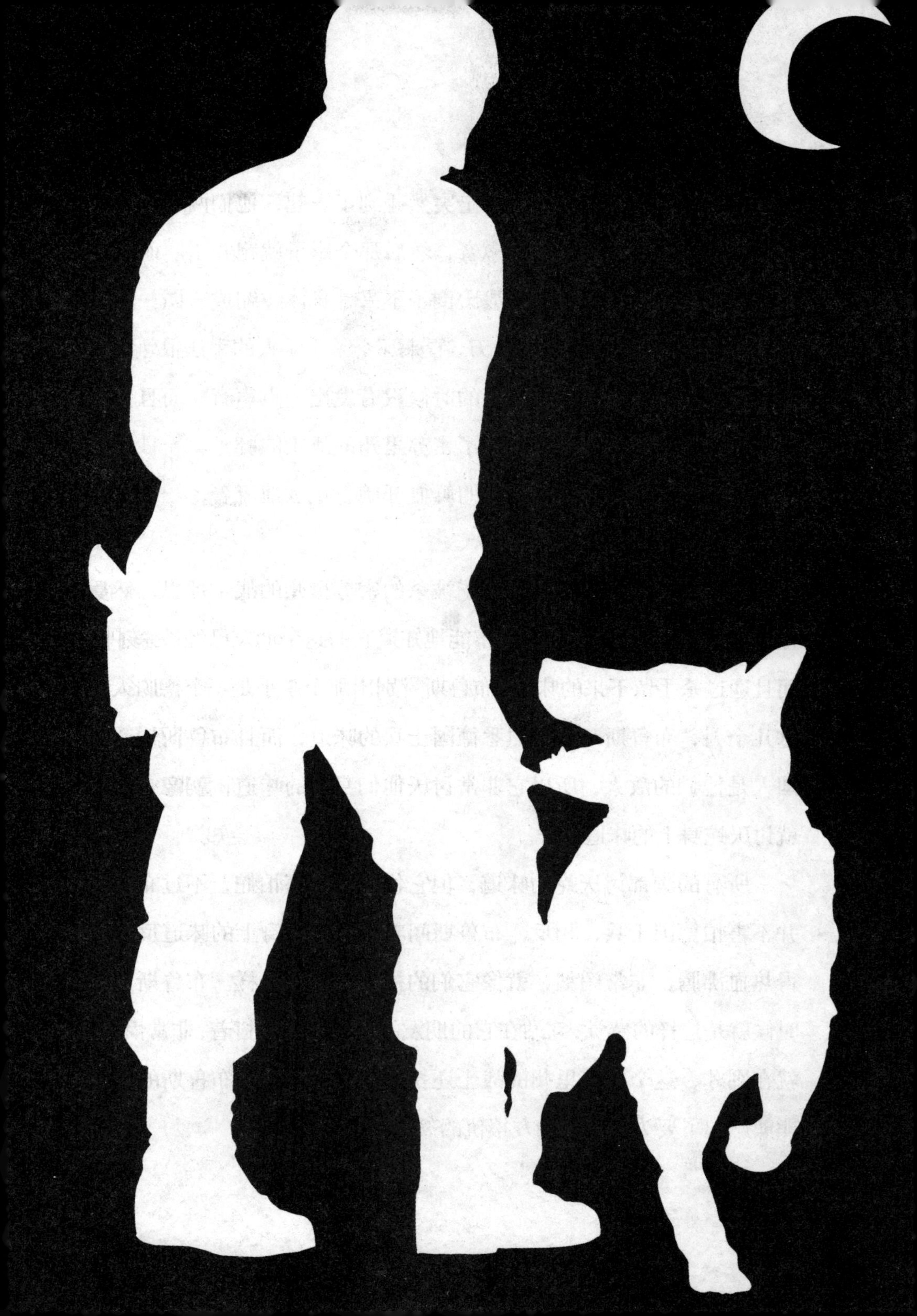

那个影子和密苏里州的战士突然碰到了一起，他们两个立刻扭打起来，但是没有发出任何声音，然后那个影子就跑开了。而那个长得瘦瘦高高的密苏里州的战士倒了下来，身体蜷缩成一团。他被杀了，脖子上被割了致命的一刀。看来那个杀手杀人的手法很熟练，因为这个密苏里州的战士被杀的时候没有发出一点声音，而且当时杀手一下子从后面紧紧地扣住了密苏里州的战士的脖子。一秒钟之后，他就被割了脖子。脖子上的鲜血开始不止歇地流着，一个生命就这样没有了。

布鲁斯以最快的速度跑到了被杀的密苏里州的战士那里，然后仔细地闻着他的身体。布鲁斯本能地知道它的这个朋友已经被杀了，而且通过杀手留下来的味道，布鲁斯辨别出那个杀手是一个德国人。这几个月，布鲁斯一直很熟悉德国士兵的味道，而且布鲁斯知道德国人是他们的敌人，所以它非常讨厌他们身上的味道，就像它生来就讨厌蛇身上的味道一样。

所有的狗都讨厌蛇的味道，但它们同时也害怕蛇，不过布鲁斯并不害怕德国士兵，相反，布鲁斯闻着德国士兵身上的味道反而变得热血沸腾，非常凶猛，就像它们的祖先——狼一样。布鲁斯这个时候就是这样的感觉，它站在它的朋友的尸体旁边颤抖着，非常愤怒。就在刚才，这个密苏里州的战士还抚摩了它，此刻，布鲁斯的心里熊熊燃起了要为它的好朋友报仇的怒火。

布鲁斯在那里站了一会儿，它乌黑的眼睛里流露出非常难过的眼神，而且它突然不知道该怎么办了，它又看了看它的朋友正蜷缩在一旁潮湿的草地上的尸体。突然间，好像一股电流穿过了它的身体，布鲁斯那双原本温柔的眼睛变成了一双吓人的凶狠的眼睛，它脖子上那黄褐色的毛都竖了起来，就像一只发狂的猫一样。原本懒洋洋的它，突然之间好像浑身都充满了力量一样。布鲁斯现在变得让人害怕了，月光照在它锋利的牙齿上，反射出了白色的光。

　　突然间，布鲁斯转了个身，然后快速地冲了出去。它的头低低的，跑得非常快。布鲁斯还没有弄清楚刚才的事，虽然是在郊外，但是刚才杀手留下来的味道还没有散开。他一定逃得很快，但是布鲁斯绝对可以比他跑得更快。虽然杀手已经逃走一会儿了，但是布鲁斯还是在不断地缩短他们之间的距离。布鲁斯现在根本不用抬头看，就跟着那个杀手留下来的味道一路飞快地追赶着，而且不断地加快速度。然后布鲁斯又听见了什么，其实它早就可以听见那个声音了，只是因为那时候风太大，而且风向也不对。它不仅听见了它要追的那个杀手重重的脚步声，而且还隐约听见了成千上万的士兵们挺进的声音，但是事实上他们的声音很小。

　　尽管现在风向不对，但是布鲁斯灵敏的鼻子仍然闻到了无数士兵的味道。他们不仅是士兵，而且是布鲁斯的敌人——德国兵。布鲁斯这时候第一次抬起头来，它仍然跑着，盯着前面。月亮已经从

地平线升到了天空中央，空中朦胧的水汽也渐渐消失，天空变得很清朗，就连远处的小村庄也能看得见。终于，布鲁斯能够清清楚楚地看见那个杀手了。那个德国杀手还在跑，但是速度已经没有那么快了，他可能觉得自己已经脱离危险了吧，而且他好像不是在逃跑，而是去送什么好消息。那个杀手还知道，按照计划会有一群人在等着他，不过大概也就只有五十个人左右，但是布鲁斯看见在那五十个人后面还有很多很多人，估计一共有几千个，正秘密地向前移动着。

这时候的牧羊犬布鲁斯（其实布鲁斯的心就像人一样了）更像是一匹狼。一只布德里亚狗或是艾尔谷犬会朝它们的敌人攻击，除非敌人把它们杀死，否则它们是不会后退的。可是布鲁斯看见那个杀手有那么多同伴的时候，立刻停了下来。它站在那里一时不知道该怎么办，它虽然一心想要给它的朋友报仇，但是它还没有笨到要去攻击那么多的士兵，它一只狗绝对没有胜利的可能，只会吃亏。而且布鲁斯毕竟只是一只狗，它不可能推测出它现在面对的这一系列情况到底是怎么回事（尽管马汉军官和威威尔军官一直说布鲁斯有推测的能力）。

布鲁斯是不会知道它看见的这群德国兵是乘着"我们来了"军团现在孤立无援而来偷袭他们的。德国的杀手们一共秘密地杀了三个"我们来了"军团的哨兵，这样就会出现一片没有人放哨的空地，偷袭的德国士兵们就可以偷偷地潜伏在这块没有人看守的空地，然后慢慢靠近"我们来了"军团的主力，最后他们会突袭"我们来了"军团，大开杀戒。

这一切布鲁斯都不可能知道，它只是一只狗，而不是童话里的什么都知道的神仙。但是布鲁斯至少知道这么多讨厌的德国兵正从它面前朝它走过来，而它是根本不可能单独和那么多敌人对抗的。可是它又不想就这样偷偷地离开，它还没有替自己的朋友报仇呢！布鲁斯真的很不喜欢这种感觉，它忍不住低低地吼了一声，它的叫声传到了前面正朝它悄悄走过来的德国军队那边，他们也都听见了。布鲁斯终于从周围挡着它的高高的草丛里走了出来，出现在月光下。它现在看起来很大，身上是黑色的，胸口还有着点点雪白的毛，在月光下显得很亮，它的眼睛就像野兽一般发着寒光。

鲁道夫·弗罗因德是德军路易斯军团的下士，他刚刚向他的上司做了汇报，报告只有三个字："他死了！"他的上司是一位上校，上校听了他的报告后点了点头，觉得他做得很不错。而弗罗因德下士和平常一样，并没有因为得到了赞许而激动。他现在非常担心，他当兵之前是德国黑森林地区的一个农民，铁一般的军队生活将他体内的农民的迷信思想掩藏了起来，但是并没有将它们从弗罗因德的大脑里去除。

今天晚上让人感觉很怪，月亮很朦胧，还有很多影子，不论一个人有多么坚强，要神不知鬼不觉地爬过长长的草丛，然后偷偷地

第三章

去刺杀一个敌人的哨兵，这对他来说还是一件令人紧张的事。而且如果不成功的话，自己就很危险了。现在这个德国军队的情况非常糟糕，他们已经被敌人包围了。在过去的这一个星期里，军队里的每一个士兵都承受着身体和精神上的双重压力。弗罗因德下士是一个勇敢的人，也是一个残忍的人。在过去的这一个星期里，他的精神几乎到了崩溃的边缘，今天晚上的刺杀行动更是让他几乎受不了。他爬到了那个荒凉的地方，在那里偷偷地杀了一个哨兵。

那个时候，他几乎看见了可怕的鬼魂在他的周围，因为所有德国黑森林地区的农民都相信鬼魂的存在。就在他完成刺杀，跑回去的时候，他几乎可以确定自己听见了一个怪物跟在他的后面，就在他身后的灌木丛里。所以他被吓得不断加快自己的速度。据弗罗因德所知，那个地区是没有狼或者是其他的大型野兽的，在他偷偷地跟在那个美国的哨兵后面的时候，他记得自己并没有看见任何动物的身影或听见任何动物的声音啊。但是，他可以肯定自己在跑回来的时候，有什么东西跟在他的后面。就在他害怕地跑着的时候，他突然想到了德国黑森林地区狼人的故事，那个狼人是一个被杀的男人的灵魂变化而成的。据说，他之所以变成狼，是因为他想找出杀他的凶手。

所以，当弗罗因德下士终于筋疲力尽地停下来，看见那些正站着等他的战士的时候，他真的是长长地松了一口气，现在有这么多人在这里，他就不用害怕了。然后他慢慢镇定了下来，突然觉得自己真的很可笑，居然害怕自己幻想的根本就不曾看见过的狼人，而且他刚才居然还觉得有什么东西跟在自己后面，估计真的是太害怕了才会有这样的感觉吧，还好一切都过去了。他又长长地呼出了一口气，但是他心里刚才那种奇怪的感觉还在，紧接着他又听见了一声让人非常害怕的凶狠的嗥叫。弗罗因德下士立刻转过身来，朝着嗥叫声传来的方向看过去。原来就在前面不远的地方，有一个狼人正站在暗淡的月光下。

这一次弗罗因德下士真的相信了，自己面前的狼人不是自己过度紧张凭空想象出来的，它真的就站在那里！而且他清楚地看见，那只狼正恶狠狠地盯着他看，弗罗因德下士几乎可以看见它那可怕的眼里闪着骇人的红光，它那锋利的牙齿泛着白光，还有它的胸口是雪白雪白的，这一切都太诡异了！弗罗因德下士这下可以肯定，刚才那个被自己杀死的人已经幻化成了自己面前的这只狼，它是找自己报仇来了。肯定是这样的，弗罗因德下士小时候听过很多这样的故事，原来那些故事都是真的！这下，原本已经过度紧张的弗罗因德下士被吓得几乎就要崩溃了。

布鲁斯的一阵狂叫，打破了午夜的宁静。接着就是弗罗因德下士的尖叫声了。他已经吓得不行了，全身都在发抖，倒在了地上。他紧紧地抱住站在他身边的上校的腿，叫着说："快救救我！"

他这时候只想赶紧找个人帮帮他。但是上校很生气，他没想到自己的计划本来很顺利地进行着，结果突然发生了这样的事。于是上校一拳狠狠地打在好像已经疯了的弗罗因德的嘴上，然后又朝他的脸踢了一脚，对他叫着说不要吵。他可不想让自己完美的计划被打乱。在上校的一顿狂揍之下，弗罗因德好像渐渐恢复了理智，他已经不像刚才那么害怕了，这时他已经处在了害怕的第二个阶段，那就是朝那个他害怕的人或者东西回击。

弗罗因德被他的上校揍得在地上打了好几个滚，最后他终于又站了起来，摇摇晃晃地走到了离他最近的一个士兵那里。疯狂的弗罗因德一下子将那个士兵的手枪夺过来，对着布鲁斯胡乱地开了三枪。然后弗罗因德开始口吐白沫，重重地倒在了地上，浑身上下都在抽搐。布鲁斯在弗罗因德开第二枪的时候还跳了起来，然后倒在了下面的草丛里。布鲁斯就这样被杀死了，它以后再也不能为它的国家去执行任务了。

鲁道夫·弗罗因德下士可能是他的军团里最厉害的狙击手了，虽然他当时的意识已经不是很清楚，只是胡乱地开了几枪，但是他作为狙击手的本能还是让他射中了布鲁斯，而且他和布鲁斯之间的距离本来也不远。布鲁斯身上中了一枪，腿上也中了一枪，致命的第三枪打在了它的头上。

现在，德国军队准备偷袭"我们来了"军团的计划只能泡汤了，这里的动静肯定被"我们来了"军团听到了，他们这次行动注定要失败了。"我们来了"军团不久之后就会发现德国兵来偷袭，他们肯定会迅速聚集起来准备反击的。月光又那么亮，他们怎么可能会被偷袭到？而且"我们来了"军团附近的援兵接到消息后也很快会聚过来帮助他们的，援军们都在后面不远的地方。

刚才，原本宁静的夜里先是出现了布鲁斯的叫声，接着又是鲁道夫·弗罗因德的尖叫声，再加上那三声枪声，"我们来了"军团现在肯定发现有问题了，他们说不定已经聚集起来做好准备等待德国兵的攻击了。那么，这支德国军队又怎么去偷袭呢？的确，他们想完成偷袭已经是不可能的了。因为这时候"我们来了"军团里已经响起了喇叭声，而且三个被杀的哨兵也都被发现了，已经有新的哨兵替代了他们的位置。德国军队是没法偷袭了。于是德国军队的领导们立刻开了一个紧急会议，讨论接下来的行动问题，然后军队下了命令，整个偷袭的德国军队以最快的速度静悄悄地撤退了，就和他们之前来时一样。

十分钟之后，马汉军官带着一队士兵来到了这里。他先是发现了鲁道夫·弗罗因德，他的脸已经完全扭曲了，看起来很怪异。马汉军官看见鲁道夫·弗罗因德的身体突然又抽搐了一下，他的手指怪异地指着旁边低低的草丛。马汉军官好奇地走到草丛那里，然后看见了布鲁斯，那时候它的身体还是温热的。伤心的马汉军官用双手抱着他的好朋友布鲁斯回到了"我们来了"军团的军营里，后面两个士兵抬着鲁道夫·弗罗因德也回到了军营里。在"我们来了"军团上校的办公室里，鲁道夫·弗罗因德被喂了很多刺激精神的药物，终于他的头脑清醒了一点，但是他的意识还是很模糊，嘴里断断续续地说了一些话。他交代了他们今天晚上的偷袭计划，以及他是怎么杀了哨兵的，还有他以为布鲁斯是狼人的事。

他大叫着说："我看见它倒了下来，但是我知道它没有死，我知道只有银子弹才能杀掉狼人，那个银子弹要经过牧师的祈祷，然后刻上十字才可以。它肯定会来找我的，你们把我关起来吧，这样它就找不到我了，求求你们可怜可怜我吧！"通过这些话，大家都知道了那天晚上布鲁斯做了什么，是布鲁斯又一次救了他们啊！

威威尔军官看见他最喜欢的好朋友布鲁斯的身体的时候，哭得很伤心，马汉军官也一样，眼泪不停地从他哭红的眼里流出来。他还一边劝威威尔军官别哭，也不要那么伤心，可是自己哭得更厉害。后来几个士兵给布鲁斯挖了一个坟墓，他们一个个也很伤心，由马汉军官和威威尔军官慢慢地抬着布鲁斯的身体放到了那个能让它安息的地方。天还没有亮的时候，无数的士兵都站在了布鲁斯的坟墓的周围，他们什么都没说，只是默默地为勇敢的布鲁斯哀悼着。

有一个士兵还羞愧地脱掉了帽子，然后其他的士兵也和他一样，纷纷脱下了帽子，他们心里都觉得很惭愧，是布鲁斯用自己的命换来了"我们来了"军团这么多战士的命啊！马汉军官把布鲁斯放在了士兵们挖的那个洞的旁边，然后他看了布鲁斯一眼，清了清嗓子，开始说："同志们，如果当一个人为了救其他人而牺牲了自己的性命，人们会给他举行葬礼，还有牧师给他念悼词。我也邀请了牧师为布鲁斯念悼词，但是他拒绝了，现在布鲁斯就要这样安静地躺进它的坟墓里了。"

马汉军官说到这里，又清了清嗓子，他的眼睛眨得很快，然后接着说："如果你们觉得我可笑的话就笑吧，但是要知道，昨天晚上要不是布鲁斯，你们之中的有一些人可能现在根本就没法笑，因为你们可能已经被偷袭的德国兵杀了。布鲁斯只是一只狗，它没有灵魂，而且它也不能投胎有下辈子了。它做了它所有应该做的事，一次又一次地承担了所有的危险，一直这样帮助我们，守护着我们，却从来没有要过任何回报。现在它就这样死了，它是因为我们才死的，但它仍然没有要求回报。它到军营里来并不是为了得到奖励，为了勋章，为了想当官，或者为了得到钱，又或者为了他以后回家的时候能够出名，报纸上会登着它的名字，大家都知道它。它也不是为了家人以后都把它当作英雄，它什么都不需要。但是它为了我们牺牲了自己。

"布鲁斯就是一个英雄，它只是一只狗，不是人，却可以做到这样！我们人类不管做什么事都会想着回报，即使是在做我们职责

内应该做的事情，但是作为一只狗的布鲁斯不是这样的，它才是真正的英雄！我在加入'我们来了'军团之前就听说过布鲁斯，我想你们大部分人应该也听说过它，它进入军队之前和它的家人住在泽西岛。我想布鲁斯如果没有参军的话，它一定可以为他的主人赚很多钱，当时布鲁斯的主人也非常不愿意布鲁斯参军。你们可以想象，布鲁斯在那里一定生活得很好，它的主人一定对它很好，它也过得非常开心。可是它后来被带到了战场，这里简直就像地狱一样，到处都是炮火，一不小心就会丢了性命。可能你们会说，我们也和布鲁斯一样啊。但是你们错了，我们接到服兵役的命令的时候，如果真的不想去打仗的话，可以拒绝服兵役，然后待在拘留所里，就像某些人那样。我们每个人都知道我们现在是为了正义而战斗，是为了我们的子孙后代，为了我们的家人，为了把这个世界变成一个更好更安全的地方。我们可不像德国兵一样总是胡说，说什么是上帝派他们来了，我们不需要那样说。因为我们知道上帝是站在我们这一边的，我们的爱国心，我们的信仰，还有我们的正义一直在背后给我们前进的力量！

"布鲁斯和我们不一样，它不知道自己来军队是干什么的，它也不知道自己为什么被挑选出来，离开自己的家来到这里，它没法拒绝，说它不想去军队。它也不是因为正义、世界的安全，或是拯救人民而来到战场，它完全是被迫的。如果我们是布鲁斯，你可以忍受得了吗？我们可能会发脾气，觉得自己被抛弃了，然后对什么都不在意，这是因为我们是人，我们有灵魂，有思想。但布鲁斯只是一只狗，它又是怎么做的呢？它义无反顾地加入了我们，无数次冒着生命危险去执行任务，但是它从来不害怕，不退缩。

"只要我们需要，它都会不断地去冒险。当然，布鲁斯知道自己在冒险，它怎么会不知道呢？它周围也有很多其他的狗，他们有的被毒气毒死，还有的在无人区中了子弹，或是被炮弹炸到，然后尖叫着死去。那些场面，布鲁斯不知道看了多少，它看见自己的同伴有的满身是血，到处都是伤疤；有的饿死了；还有的得了肺炎或是其他的疾病死去。布鲁斯也知道人类都忙着救其他受伤的人类，而没有时间管它们这些也受着同样苦难的狗。（可是很多时候，狗都是因为人类而受伤的。）

"是的，布鲁斯知道自己的结局或许会和它的那些同伴一样，但是它仍然继续工作着，它总是那么勇敢，休息的时候又是那么开心。它从来不会退缩，就像拉契战争那一次，将军让它去给总部送信来救我们的时候，德国战壕里那么多的机关枪都瞄准了它，那么多的大炮也对着它，布鲁斯知道自己随时都会丢掉自己的生命，但是它没有退缩，后来还有很多次，它都是这样勇敢地冒险，就像人一样勇敢！我……我好像说得太多了，该停下来了，我说这些只是希望等战争结束，你们回家之后，能够永远记住布鲁斯，记住它为我们

第二章

169

做的所有事。如果你们记住了布鲁斯，还有很多其他战争中的狗，当你们碰到说狗很讨厌的人或者是解剖狗的人时，你们就会狠狠地揍他们一顿。如果你们可以做到那样，我想布鲁斯也就安息了！"

说完这些，马汉军官弯下腰，然后把布鲁斯慢慢地放进了坟墓里，他说："布鲁斯，好孩子，再见了，你是我见过的最勇敢最好的狗，我……"马汉军官这时哀伤地看着周围那些安静的士兵，说，"你们别以为我在哭，你们错了，我是因为感冒了才会这样……"这时，威威尔军官突然一下子跪在了布鲁斯的身边，就像疯了一样，激动地大叫了起来："天啊，布鲁斯还活着！"其他的士兵听见威威尔军官的话之后都伸长了脖子朝布鲁斯看去，然后所有在场的人都惊讶地吸了一口气，因为他们看见布鲁斯慢慢地抬起了它的头，只不过它好像还不是很清醒。马汉军官也一下子跪到了威威尔军官身边，立刻大叫了起来："快去叫军医过来！"然后，他开始小心地检查布鲁斯头上的伤口，告诉大家说："子弹并没有穿过布鲁斯的大脑，只是打在它的脑壳上，所以布鲁斯才会昏了几个小时，我以前也见过人中弹后昏了过去，就像死了一样，快叫军医来，如果布鲁斯身上中的那颗子弹没有伤到要害部位的话，布鲁斯或许还能被救活的，太好了！"

在布鲁斯的家乡，又是一个夏天，而且已经是夏末了，大地到

170

处都是绿意盎然，天空也是蓝蓝的，蜜蜂们在嗡嗡嗡地忙碌着，迎接着秋天的丰收。下午的时候，湖边的树木在草地上投下了长长的影子，这里的一切都充满了梦幻的色彩，残酷的战争好像离这里很遥远。布鲁斯的男主人和女主人从挂满葡萄藤的走廊里走了出来，他们准备去散步，去看看黄昏的风景。他们的脚步声从石头铺的小路上传了过来，这时候，一只黄褐色和白色交错的牧羊犬从紫藤架下面的小房子里跑了出来。那就是布鲁斯。布鲁斯从头到脚舒坦地伸了个懒腰，然后慢慢地跑到了它的主人那里。

像是开玩笑一样，布鲁斯把鼻子塞进了女主人半握的手掌里，然后跟着他们一起散步。布鲁斯走路的时候，有一条前腿好像很僵硬，那条腿并没有跛，但是如果布鲁斯想跑很远的路的话，那条腿是承受不了的。布鲁斯的头上有一个刚愈合的伤疤，就是那颗差点要了它的命的子弹导致的。布鲁斯很幸运，它身上中的那颗子弹穿过了它的身体，可是没有伤到任何关键的部位，所以布鲁斯才捡回了一条命。它身上浓密的毛已经挡住了那个伤疤，一般人是看不出来的。

"我们来了"军团里的那位军医真是名不虚传，他居然再一次将布鲁斯从死亡线上拉了回来，救了布鲁斯。那时候布鲁斯虽然中了三枪，伤得很重，但是现在已经恢复得很好了。除了那条有点僵硬的腿和身上的几处伤疤，布鲁斯几乎和它在战场上一样灵活，但是它没有继续在战场上执行任务了，而是回到了它的主人身边，又成了一只宠物狗。

只听男主人叫了一声"布鲁斯"，布鲁斯很快就跑到了他的身边。男主人对它说："布鲁斯，今天下午送来的邮件好像有什么东西，那是给你的，快看一看吧！"男主人说着，从他的口袋里掏出了一个皮盒子，然后打开放到布鲁斯面前。那个长方形的盒子里放着白绸缎，绸缎上面别着一个很小很精致的金奖章。虽然那个奖章很小，很轻，可是代表了给布鲁斯这个奖章的人们的一片心意。男主人拿起奖章放在布鲁斯的眼前，接着说："听着，布鲁斯，我念给你听上面刻了什么：'那些被布鲁斯救过的战士献给布鲁斯。'"布鲁斯只是好奇地闻了闻那个薄薄的奖章，其实上面刻的字对它来说算不了什么，但是，它那经过训练的灵敏的鼻子清楚地闻到了奖章上熟悉的味道，那是它的老朋友，也是一个非常敬佩它的人——马汉军官的味道。